Em cima do
telhado de vidro

Luiz Pimentel
Eduardo Camargo

Em cima do telhado de vidro

1ª Edição
POD

KBR
Petrópolis
2013

Edição de texto **Noga Sklar**
Editoração **KBR**
Capa **KBR s/ arquivo Google**

ISBN 978-85-8180-224-4

KBR Editora Digital Ltda.
www.kbrdigital.com.br
www.facebook.com/kbrdigital
atendimento@kbrdigital.com.br
55|24|2222.3491

FIC027000 - Romance

Luiz Pimentel é cirurgião plástico no Rio de Janeiro. Trabalha no Ministério da Saúde e é Supervisor Hospitalar da Fundação Municipal de Saúde de Niterói. Membro Titular da Sociedade Brasileira de Cirurgia Plástica, foi o pioneiro da lipoaspiração no Brasil (1980) e autor da técnica denominada Hidrolipoaspiração. Membro do *staff* do Hospital Niterói D'Or, foi oficial médico da Policia Militar no Rio de Janeiro de 1972 a 1986. Publicou vários trabalhos e artigos em sua especialidade. *Em cima do telhado de vidro* é sua estreia na ficção.

E-mail do autor: luizpimentel@gmail.com

Agradeço a **Eduardo Camargo,** coronel reformado da Policia Militar do Estado do Rio de Janeiro, ex-oficial do BOPE, autor de *Terralão* e de *Os Diários de Campo da Ilha de Búzios* (com Alpina Begossi), que contribuiu para este livro com fatos e composição de personagens baseados em sua vivência como policial.

Sumário

Nota do autor

Esta é a história de um comandante à frente de seu tempo, que resolvia os casos mais complicados com inteligência e criatividade, impedindo que o frágil teto da Polícia Militar, tão facilmente atingido pelas pedras da corrupção, se quebrasse sobre vários outros homens de seu tempo e de seu timbre. É a história, também, de alguns que o antecederam, e de outros que tiveram a sorte de compartilhar com ele parte de sua jornada, em busca do sonho de uma sociedade mais justa — cidadãos do povo que, sem explicação, devotam-se ao servir, a proteger e salvar vidas. Muitos se desviam do caminho, abandonam seus votos e se tornam piores que os bandidos que juraram combater, pois já vestem a farda com o propósito da ilicitude, protegidos por armas e distintivos. Para estes, a Lei deveria ter um capitulo específico: "O dobro da pena".

Neste país de muitas fronteiras, a ética se perdeu numa inversão de valores. É o Brasil do anti-herói, do se dar bem, do fraudar a saúde e a educação, do receber propina, do ocioso — todos estes que, enfim, em todas as classes sociais, são enaltecidos como heróis, como espertalhões que vivem do trabalho de outros. O nosso é o país dos estelionatários, herança cruel dos que não vieram ao Brasil para ficar, mas para extrair riquezas. Até hoje é assim: salve o seu e dane-se o país.

Há duzentos anos as Polícias Militares acompanham a nossa história. Estiveram presentes em todos os movimentos políticos, desde sua criação, em 1809, um ano após a chegada da Família Real. Da Divisão Militar da Guarda Real da Polícia da Corte, gerou-se a atual PM do Rio de Janeiro, que teve participação importante na Independência, na Guerra do Paraguai, na Revolução Constitucionalista, na Segunda Guerra, no Getulismo e na tomada de poder de 1964. A PM de São Paulo foi criada, em 1831, com o nome de Corpo de Guardas Municipais Permanentes; posteriormente, em 1930, como Força Pública, já era o segundo maior contingente armado da América Latina. Acompanhou o dia a dia de vários movimentos sociais e políticos do Brasil, destacando-se na Guerra dos Farrapos (1838), na colonização dos Campos das Palmas (1839), na Revolução Liberal de Sorocaba, em 1842, na Guerra do Paraguai (1865/1870), na Revolta da Armada e na Revolução Federalista (1893), e na Campanha de Canudos (1897), quando Euclides da Cunha chegou a elogiar a atuação do 1º Batalhão em terras do rio Vaza-Barris. Em cada fase de cada um desses movimentos, estavam presentes os "meganhas", os bois de piranha, os cumpridores de ordens, desde o "ponha-se na rua" até as linhas de cavalaria que recebiam pedradas nos movimentos estudantis.

Quando voltaram da Guerra do Paraguai, os

PMs foram esquecidos e jogados no Morro da Providência, no centro do Rio de Janeiro; e hoje, do mesmo modo, quando eles morrem em serviço as famílias dos PMs são jogadas no gueto do esquecimento. Poucos se lembram de que os "meganhas" passam as mesmas dificuldades, quando, no fim do mês, contam o dinheiro suado e notam que não paga as despesas. Poucos sabem que, para uma vida digna, eles têm que trabalhar à noite em bicos; poucos sabem que o infeliz filho de "meganha com lavadeira" tem que ouvir as chacotas dos companheiros de sala de aula; poucos sabem que vivem escondidos nas comunidades, com medo dos marginais, os "donos das áreas". Até muito pouco tempo não tinham direito ao voto, não escolhiam seus representantes. O que eles vivem hoje não é um combate ao crime; é uma guerrilha urbana, e nessa guerra ganham muito pouco para arriscar a vida. No Brasil, acabou o respeito pela polícia. Atacam-se delegacias, postos policiais, viaturas e qualquer um que suspeitem ser da corporação, com fuzis, metralhadoras e granadas.

Até hoje nada mudou: ainda somos uma ditadura dos que recebem votos, de eleitores motivados por uma mídia dirigida aos que não sabem votar. E por aí vamos, ao sabor dos politiqueiros.

Este livro é uma homenagem aos bons policiais, e, antes de tudo, uma tentativa de mostrar que são gente, e que sobrevivem, como qualquer outro brasileiro. Relata fatos reais, vividos por personagens aqui descritos com nomes fictícios, mas ambientados em endereços e unidades reais da PM paulista, com exceção de uma única, mais recente e fictícia, intitulada GOE. Nosso coronel Frederico, personagem principal da trama, foi o criador dessa unidade especial de polícia; os homens de

qualquer corporação certamente seriam mais corretos e eficientes se sempre tivessem quem os comandasse sem deixar que se quebrasse o telhado de vidro.
"Os que vão morrer te saúdam, ó Cesar!"

Luiz Pimentel
Niterói, RJ, junho de 2008

1. A FILA

Naquela tarde, ele estava "à paisana", curtindo a ensolarada quarta-feira, já que nesses dias, após o almoço, era sempre folga no quartel. Resolveu andar pelas ruas de Santos para espairecer, esquecer um pouco o mesmo problema de sempre, que lhe enchia a mente quando o trabalho incessante do quartel deixava-o só com seus pensamentos. O sol estava a pino, mas corria na cidade uma brisa incomum, o que lhe trazia uma paz, e, ao mesmo tempo, uma sensação indescritível de bem-estar. Dissera aos oficiais, para despistar, que ia ao dentista, mas o que queria mesmo era caminhar e apreciar as vitrines. Quem sabe conseguiria comprar algo que agradasse a Susan?

A mulher começara a ser um problema após o nascimento do segundo filho. Nunca fora lá muito interessada em sexo, mas agora a coisa estava passando dos limites. Evitava qualquer investida. Simplesmente parecia que ele não existia. Não conseguia entender o que se passava pela cabeça dela. Era o contrário de todas as mulheres que conhecia. Dava, cada vez mais, sinais de que não o queria, enquanto ele percebia que todas as outras lhe davam bola. Ele ainda insistia porque queria salvar o casamento. Não conseguia descobrir o porquê daquele comportamento. Sabia que ela não tinha motivos, ou, pelo menos, não havia descoberto nenhuma de suas escapadas. A coisa já durava mais de três meses. O sexo povoava os pensamentos daquele jovem de 34 anos, cheio de disposição e sem problemas graves. Como se libertar desse pensar constante, tendo uma mulher que o evitava?

Tinha sido aluno da primeira turma do CFA, formada em 1954, e todos os colegas haviam subido rapidamente de posto. Agora, quase todos comandavam os principais quartéis da corporação. No final do ano de 1950, o CIM — Centro de Instrução Militar —, um centro de instruções de praças e oficiais, mudou de nome para Curso de Formação de Aperfeiçoamento — CFA —, e seus alunos e oficiais tinham curso equivalente ao segundo grau. Mais tarde, em 1969, destinado exclusivamente a formar e especializar oficiais, passou a denominar-se Academia de Polícia Militar. Em 1978, a já tradicional academia passou a denominar-se Academia de Polícia Militar do Barro Branco — APMBB.

Ainda bem jovem e já major, alto, moreno, bonito, forte e, sobretudo, com o poder nas mãos, seria difícil passar despercebido para as mulheres da cidade. Talvez mandasse mais naquela cidade que o próprio prefeito e o todo-poderoso bispo tradicionalista da diocese, talvez um dos mais importantes líderes da TFP, a conhecida organização católica Tradição, Família e Propriedade, fundada em 1960 pelo engenheiro e católico fanático Plínio Correia de Oliveira.

Mas ainda não tinha se conscientizado de seu poder. Tinha assumido o comando há pouco tempo, e evitado a imprensa desde então. Estava ainda "tomando ciência" do que se passava na cidade, como se dizia no meio militar. Em breve lhe seria impossível caminhar pelas ruas sem ser reconhecido, para observar o comportamento do povo, o funcionamento do comércio, do trânsito, e, sobretudo, apreciar aquilo de que mais gostava: mulheres.

Fred sempre tinha sido assim. Sem alarde, astutamente, observava os ambientes com calma e atenção; nunca tinha pressa nem agia com precipitação. Quando, finalmente, acreditava conhecer o terreno, pisava com firmeza — uma qualidade nata, indispensável para um militar destinado aos postos de comando. Outra era saber escolher as pessoas com quem trabalhar.

Se encontrasse um presente que agradasse à sua mulher, quem sabe conseguiria algum efeito, alguns momentos de carinho, que andavam difíceis, especialmente depois de lhe ter dito, na cara, que "quando um homem não tem em casa procura na rua". Ainda tinha atração por ela, uma atração irresistível que sentia desde a adolescência. Queria ter pelo menos uma noite de sexo com ela, quem sabe a redespertasse para a vida e a tirasse da depressão que estava acabando com o casamento. Embora nunca tivesse sido uma mulher muito quente, ele a achava gostosa como uma uva-passa. *Seca, mas gostosa* — pensava. Ainda valia a pena tentar.

Aquelas coisas que normalmente encantam as mulheres ele já havia dado várias vezes; quantos buquês de rosas vermelhas chegavam e ela nem os tirava do embrulho, deixava secar sem que ficassem nem mesmo alguns minutos nas jarras de puro cristal que ganhara no casamento, sempre guardadas na cristaleira. E aquele caro anel que ele inventou como presente de cinco anos de casamento? Devia estar na caixa de joias, porque em seu dedo nunca o vira.

Mais uma vez ele repassava na mente tudo que o atormentava quando viu a morena segurando uma pasta de documentos, entrando no final de uma fila que dobrava a esquina. Nem quis saber que fila era aquela. Era uma fêmea "tesuda", como diziam naquelas bandas do interior, gostosa de cima até em baixo, dentro de um vestido que ele nem enxergou, imaginando seu corpo inteiro através daquele pano estampado. Não se usavam próteses naquela época, e os seios pareciam querer furar o sutiã e o vestido, de tão turbinados. O pedaço de coxas que conseguia ver e as pernas que desciam até as sandálias de salto médio eram de enlouquecer. Não se conteve e entrou na fila, achando que era fila de liquidação.

Pensou como seria boa a espera até chegar à porta da loja. Talvez lá dentro tivesse uma oportunidade com a morena, para puxar um papo já pensava em lhe pedir uma opinião sobre um presente de aniversário. Sentia o cheiro que exalava dos cabelos recém saídos do banho e ainda um pouco úmidos, deixando cair pequenas gotículas nos ombros tostados de sol. Ah, como aquelas gotas matariam sua sede! Absorvia o perfume que vinha daquele corpo. Já tinha perdido a noção de quanto tempo se passara sem que tocasse num corpo de mulher. Não devia ser muito, mas, para quem só pensava "naquilo", parecia uma eternidade. Pareceram-lhe só pensamentos, mas havia falado baixo, para si mesmo, sem a intenção de que ela ouvisse:

— Tomara que essa fila não ande, que demore muito até chegar à loja — foi o bastante para a morena à sua frente olhá-lo de soslaio. Quis olhar de cara feia, mas seu olhar a traiu. Olhou fundo nos olhos dele e liberou um sorriso quase imperceptível.

Mais que depressa, ele disparou:

— Me desculpe, saiu sem querer.

— Não tem problema. Só não sei por que você quer que demore — murmurou, com uma graça sensual, através dos lábios carnudos que prendiam seu olhar, o vermelhão com um batom que parecia ter sabor de cereja. Tinha certeza de que iria conseguir prová-los, e ficou tão excitado que teria sido difícil esconder, não estivesse ela olhando para seus olhos e as outras pessoas olhando para frente. Por via das dúvidas, tratou de colocar a mão esquerda no bolso enquanto pensava no que dizer.

— Porque eu gostaria de continuar sentindo o perfume tão gostoso que exala desta fila — retrucou.

— Ainda não senti — disse a morena, com aquele sorriso maroto nos lábios.

— É porque você não está no meu lugar.

— Então vamos trocar.

— Olha, te peço que continue aí mesmo. Primeiro, porque você chegou antes, segundo porque só entrei na fila por tua causa, e terceiro porque você não vai sentir o cheiro que te acompanha desde que saiu de casa.

— Tá bom! Mas, agora, fala sério. O que você quer?

— Quero ficar aqui até ver o que você vai comprar, pra comprar algo diferente pra você.

— Mas eu não vou comprar nada — disse a morena.

Enquanto conversavam, a fila andava mais rápido do que ele gostaria. Viu então que na fila só tinha gente bem jovem, a maioria entre 18 e 20 anos, como a morena. Começou a achar que estava pagando um mico, mas, de fato, via que ela o olhava de um jeito que ele, macaco velho, conhecia muito bem, aquele olhar de gata no cio denunciando que dava pra continuar o papo.

Dobraram a esquina e... cadê a loja? Em seu lugar havia um guichê no pequeno saguão de um prédio antigo. No topo do edifício castor, com altos-relevos ao redor das janelas brancas venezianadas em baixo, com seis vidros retangulares no alto, deparou-se com um letreiro escrito em letras metálicas: "Universidade Católica de Santos". Na entrada do saguão, a palavra "Recepção" numa placa branca, para todo mundo ver.

Droga — pensou, desta vez pensou mesmo, sem que a morena percebesse. Despertou do pensamento quando ela lhe perguntou:

— Fala sério. Você ainda não se formou? Está refazendo matrícula?

A fila ia minguando e a vez da morena quase chegando.

— Não. Interrompi a Faculdade há anos pra trabalhar. Pretendo continuar agora — disse, enquanto a garota na frente dela saía com uns papéis na mão.

A gata entregou um cheque ao funcionário, disse que era do pai, pra pagar a inscrição no vestibular. O cara perguntou pelos documentos e ela foi retirando um a um da pasta.

Ele pensava: *E agora? Vou dizer o quê?*

O cara do guichê conferiu os documentos e informou:

— Tudo bem, Norma, tudo em ordem. Em qual curso quer se inscrever?

— Pedagogia — saiu rápido daquela boquinha carnuda.

O cara lhe deu um formulário, disse pra ela preencher depois e entregar na Secretaria, porque precisa dar cabo da fila até as 16h00. Seria anexado aos documentos entregues, disse, e desejou um bom vestibular.

Ela, parecendo apressada pra ir embora, voltou-se e perguntou:

— Como é mesmo seu nome?

— Fred. Na realidade, Frederico, mas todos me chamam de Fred.

Imprensado entre ela e o guichê, veio lá de dentro a interrupção da conversa:

— Amigo, qual a Faculdade que pretende? Por favor, seus documentos.

Fred olhou para ela, e embora até pensasse por um segundo em Advocacia, e quase disse isso para o cara do guichê, o que ele disse saiu até sem pensar, tal a vontade que estava de se aproximar da morena Norma:

— Pedagogia!

O homem o encarou de olhos arregalados. Era a primeira vez que um cara, com pinta de macho, se inscrevia com ele para Pedagogia. Naquele dia, tinha recebido 110 inscrições, todas de mulheres. A maioria delas, professoras.

Ela sorriu um sorriso franco, não acreditando:

— Você também?

— O que é que tem? — disse Fred, olhando para os dois. — Pedagogia também é pra homem. Ou vocês pensam que não existem professores? Apesar de estar afastado temporariamente, também sou do magistério.

— Achei que você queria comprar alguma coisa e estava na fila errada — disse Norma, agora séria.

Ao mesmo tempo, o cara lhe pedia os documentos. Fred tirou um talão de cheques do bolso da camisa e perguntando quanto era já foi preenchendo o valor da inscrição. Aí, se saiu com essa:

— Amigo, por favor, me deixa pagar a inscrição agora e entregar os documentos junto com a ficha preenchida? Esqueci de tirar as cópias.

— Tá legal, meu chapa. Mas olha: hoje é sexta, e a inscrição termina na segunda-feira.

— Tudo bem, segunda-feira eu entrego tudo na Secretaria — disse, sorrindo e entregando o cheque, enquanto o cara balançava a cabeça, pensando sabe-se lá o quê. Certamente se rindo por dentro de um homem na Pedagogia.

— Ok, cara. Toma a ficha de inscrição. Agora corre pra providenciar que eu ainda tenho muitos pra atender.

Ele ainda não tinha caído na realidade quando ouviu Norma:

— Olha, tenho que ir. Tenho um compromisso daqui a dez minutos, minha aula semanal de dança. E o motorista do papai tá ali esperando — apontou para um carrão preto do outro lado da rua.

— Foi um prazer.

Ela foi saindo rápido, enquanto ele, com a maior cara de bobo, completou:

— E o seu telefone? Pode me dar?

Ficou desconfiado daquele motorista louro e bonitão que a esperava do lado de fora do carro. Os lábios carnudos, sorrindo, gritaram já do outro lado:

— Estude. Vamos nos ver na Faculdade — disse, entrando no carro, que deu a partida.

Fred ficou sozinho na calçada, enquanto caía a

ficha: *Cara, que babaquice fui fazer! Perdi o controle com essa morenaça e me inscrevi num vestibular! Não acredito! Gastei a grana do presente que ia comprar, com inscrição pra Pedagogia... Que é que vou fazer? Quer saber? Vou estudar pacas, mas tenho que passar. Nem que seja pra trocar de curso depois, mas tenho que ganhar essa gata!*

Correu atrás dos documentos. Currículo escolar, por sorte, tinha em mãos, publicado em Boletim da PM da época da Escola de Oficiais. Era só copiar, junto com a Identidade, CPF, fotografias, e, conforme planejara, segunda-feira estava lá na Secretaria da Universidade entregando tudo.

2. O VESTIBULAR

Por sorte, o curso de formação de oficiais tinha lhe dado uma boa base. As aulas particulares de Português para alunos do segundo grau e candidatos a concurso do CFA durante os sete primeiros anos — tempo que demorou para ir de Segundo-Tenente a Capitão — nunca o tinham deixado esquecer. Queria casar, e a grana da PM não era suficiente. As aulas bancaram as prestações dos móveis para montar o pequeno apartamento.

Fred ficou conhecido como o "tenente-regulamento", porque tinha decorado o Regulamento da Polícia Militar inteiro. Acumulara uma experiência administrativa e um conhecimento de leis, decretos e portarias que o tornaram fonte de consulta para todos os colegas, e até para oficiais superiores. Tinha sido ótimo aluno também no primeiro e segundo grau. Não que estudasse muito, mas pela facilidade com que aprendia. Era, ao mesmo tempo, o mais moleque de todos, o que tinha mais tempo para o lazer e para os esportes. Tinha uma grande capacidade de prestar atenção e uma memória privilegiada — absorvia tudo que ouvia em aula, e perdia menos tempo lendo e relendo os livros e apostilas. Fazia rapidamente os deveres e sobrava mais tempo para abrir as páginas de esportes dos jornais, ficar por dentro de tudo o que se passava no mundo do futebol e do Corinthians, enquanto seus colegas do CFA ficavam ralando pra completar os trabalhos e se preparar para as provas. A paixão pelo timão o acompanhava desde criança, e sofria quando não era possível assistir aos jogos.

Na hora das provas não ficava tenso. Entregava-as sempre completas, às vezes mais de meia hora antes do horário. Não foi surpresa que terminasse sempre em primeiro lugar os três anos que levou para se formar oficial. Agora, porém, estava há anos afastado dos estudos, e tinha pela frente um vestibular. No início pensou que seria difícil, mas foi só começar a estudar para descobrir que os dois meses que o separavam das provas seriam suficientes, embora tivesse que evitar muita badalação social para aproveitar as horas de folga. Aliás, naquela cidade do interior, graças a Deus, os problemas com a violência eram bem menores que na Capital, e ele podia contar com bons oficiais pra resolver a maioria das ocorrências menos graves.

Fez uma reunião com todos eles logo após a inscrição. Todos eram seus amigos, e riram muito da história da fila de inscrição. Diziam:

— Vamos poupar o chefe. Vamos ver no que vai dar essa história de Faculdade. Aposto que vai comer a tal garota e depois larga esse curso inútil. Para que serve ser pedagogo na PM? Alguns pensavam também em aproveitar sua estadia naquele pequeno município com rica vida universitária pra fazer alguma faculdade. Mas como "o Chefe" vira primeiro, deixariam para fazer vestibular no ano seguinte. Agora era preciso evitar levar problemas para o major.

Fred resolvia os problemas do comando do quartel logo bem cedo, e procurava marcar com todo mundo que precisava ser atendido pessoalmente ainda na parte da manhã. Depois do almoço, tinha a sagrada sesta de uma hora no quarto junto ao Gabinete, naquele período frequentemente postergada para depois das provas. Em alguns dias conseguia passar a tarde toda estudando no Gabinete. Quando "o bicho pegava", como diziam, e tinha que resolver pessoalmente, algum pepino que não podia passar para o capitão Cantareira, o subcomandante, ou quando ligava o Comandante Geral, o Chefe do Policiamento do Interior ou alguma autoridade daquela época do regime militar, deixava por algum tempo os estudos. Era até bom, para distrair um pouco.

Os problemas da corporação Fred sempre "tirava de letra". Tinha uma facilidade incrível para arranjar soluções para os casos mais complicados. Logo que podia, passava o leme para o sub, ou diretamente para outro oficial resolver. Voltava rápido para as apostilas que tinha comprado e para alguns livros que tomara emprestados.

Naqueles dois meses que separaram o dezembro da inscrição até o fevereiro do vestibular ele só saiu do gabinete em duas quartas-feiras à tarde. Rodou a cidade, entrou nas três escolas de dança existentes, e nada da morena. A tal Norma sei-lá-de-quê, a gostosona que saíra no carro com aquele cara que tinha pinta de tudo menos de motorista, talvez não tivesse ido à aula naquela quarta às 3 da tarde, ou estava faltando pelo mesmo motivo que ele: para estudar. O pior é que naquele dia, doidão pela morena e abobalhado com a imprevista inscrição, seu instinto policial tinha falhado e ele não tinha anotado a placa do Belair preto. Havia muitos Chevrolets pretos como aquele ainda rodando no final dos anos 1960. Teria sido fácil mandar verificar, pela placa, quem era o dono do carrão: ou era o pai — era o que esperava —, ou, quem sabe, o garotão motorista louro. Droga!

3. SUSAN

Susan parecia melhor. Que coisa estranha! Não entendia por que ela tinha aqueles altos e baixos. Via-o sempre em casa, estudando até altas horas, e, claro, chegara a seus ouvidos que ele nunca saía pra nada, estava sempre trancado no gabinete estudando. Isso era um grande remédio pra ela. Curtia o mórbido prazer de sabê-lo afastado dos antigos amigos da capital.

Tinha sido promovido a major e indicado para comandar Santos numa época em que começavam a escassear os antigos coronéis, e estes não queriam mais os comandos do interior. Conseguira a transferência de alguns oficiais com quem gostava de trabalhar, mas não de todos que gostaria de ter consigo. A maioria não teve disponibilidade para a mudança de cidade, o que sempre provoca problemas familiares que alguns não conseguiam resolver. Os companheiros de bola e das noites em que chegava mais tarde tinham ficado em São Paulo.

Com ele tinham ido os bons de trabalho, deixando pra trás os bons da farra. Claro que as mulheres dos que tinham vindo pensavam como Susan, e faziam a sua cabeça.

Fred desconfiava de que não era a causa do comportamento doido dela. Só alguns anos mais tarde saberia o nome da doença causadora de tudo, e descobriria que ele mesmo era só um dos fatores desencadeantes das crises. Naqueles dois meses chegou a acreditar que ela estava curada. O carinho tinha chegado devagar, e parecia que era pra ficar. Falavam-se normalmente. Parecia que os meninos também não a deixavam mais nervosa. Voltaram às boas na cama, não era mais o sexo esporádico que andava ocorrendo. A coisa estava se repetindo, ficando cada vez melhor e mais frequente. Ela parou de reclamar, parou de berrar, de xingar, de se revoltar com tudo. Não a via mais ora ansiosa, ora deprimida, ora insone, ora dormindo direto o dia inteiro. Passou a ir à praia. Melhorou da constante coceira sem causa aparente e da dor de cabeça. A tal TPM que chegava dias antes "daqueles dias", e, às vezes, durava o resto do mês, parecia ter sumido. Ela o queria quase todos os dias. E dessa vez a fase boa estava melhor que das outras, e durando mais. *Seria só mais uma fase?* — era o pensamento que se repetia todos os dias.

Nunca tinha transado tanto com ela, e até tinha esquecido o que lhe dissera no meio de uma das grandes brigas. Mas ela jamais esqueceu. Numa das noites mais longas, no auge da excitação, beirando aquele limiar gostoso que antecede o momento em que se percebe o quanto é bom ver o gozo de uma mulher, ela gritou:

— Você ainda acha que não tem em casa e precisa procurar na rua, seu safado gostoso? — e explodiu junto com ele, tão descontrolada que quase o jogou da cama, não sem antes arranhá-lo mais do que qualquer outra antes dela.

Fred estava feliz. Gostava de mudar de camisa na frente dos oficiais para que eles vissem os arranhões. Foi uma fase chata estudar para o vestibular, mas ao mesmo tempo a melhor fase de sua vida com Susan naquela cidade. Tinha até esquecido a morena, razão daqueles dois meses de estudo. Na realidade, gostaria que a fase boa nunca acabasse. O tesão que o impelia para outras saias estava recolhido, e ele acreditava que um homem satisfeito sexualmente, e amando como ele estava, não procurava aventuras. Não gostava de dizer "não precisa", porque sabia que "não procura" soava mais verdadeiro, já que mesmo não precisando, às vezes, podia acontecer um "imprevisto". E ele já tinha caído em alguns, sem que Susan soubesse.

A bronca que ela tinha era frequente entre as mulheres de policiais. Pela própria natureza do trabalho, pela inconstância e insegurança em que viviam, pelos horários malucos em que tinham que sair em diligências, era comum a ciumeira das mulheres. Mas nem por isso as dos colegas eram inconstantes como ela, ou antissociais como ela; tampouco fechavam as pernas como ela.

Acho que agora ela se curou — pensava. Lembrava-se muito dos tempos em que os primos brincavam de médico. Nunca a tinha visto direito como prima, e sempre tinham escondido o tesão que surgira na adolescência. As ereções que disfarçava ao colocar o estetoscópio de madeira nos peitinhos recém crescidos da priminha Susan só eram notadas por ela mesma, que, muito sapeca aos 14 anos, esbarrava, sem querer querendo, naquela coisa que fazia força para sair do aperto das sungas do primo. Ainda na vigência da virgindade tinham intimidades deliciosas sempre que ficavam a sós, sendo a virgindade conservada apenas porque, no fundo, temiam que seus sentimentos fossem descobertos pelos pais; além disso, uma impressão de estarem em pecado pelo parentesco pesava muito, era mais forte que eles.

Após os 16 anos veio um afastamento das brincadeiras infanto-juvenis e cada um trilhou outros caminhos; mas o acontecido ficou gravado para sempre, até bem mais tarde, quando o destino fez os dois perderem o preconceito e se resolverem com o casamento. Entretanto, Fred vinha pensando que não fora a decisão acertada.

O tempo estava passando rápido. O final de fevereiro estava chegando e nem conseguiu aproveitar bem as férias das crianças na praia. Nos finais de semana, ia com Susan e as crianças para a casa de praia à disposição dos comandantes, uma das melhores mordomias daquele comando, mas enquanto eles curtiam o mar e o sol ele ficava trancado estudando, depois de uns breves mergulhos bem cedo de manhã.

Uma semana antes de o mês terminar começou o vestibular. Fez todas as provas nas salas de aula da própria Universidade e viu a morena lá umas duas vezes. Nunca conseguia falar com ela porque terminava a prova mais rápido, entregava e saía. Só trocavam uns olhares e sorrisos. Engraçado, agora nem se sentia mais tão atraído por ela, mas que ela era gostosona, isso era. E já que tinha entrado naquela onda por causa dela, agora iria até o fim. Queria provar que era possível ser aprovado e depois, quem sabe, provar a morena. Afinal, era pra isso que estava ali. Agora era questão de honra!

Finalmente, no dia 15 de fevereiro, seu nome estava lá, escrito em lindas letras maiúsculas, na lista pregada nas colunas da Universidade: APROVADO. *Agora vou enfrentar duas paradas: a gostosa da Norma e a gozação dos colegas. Pedagogia... Pra que isso vai me servir?*

Achava que não estava mais fissurado na morena, principalmente depois de dois meses regados a apostilas e mais apostilas e aos braços diários do lado tesudo de Susan que tinha surgido com o verão. Mas, depois da frustração em que a gata o deixara naquele dia da fila, depois de tê-la procurado nos cursos de dança e ter encucado tanto com o motorista louro, a ponto de ele ter aparecido várias vezes nos sonhos eróticos que tinha com ela, sempre interrompendo na melhor hora... estava resolvido a ir até o fim. Se não desse em nada trocaria de curso.

4. O BISPO

Março chegou rápido, e com ele o início das aulas, na sala 28, no segundo andar. Quando entrou, não se sabe quem ficou mais surpreso, se ele, quando viu 43 alunas, todas de olhos arregalados para o cara alto que entrou e se sentou numa carteira junto à segunda janela que dava para o pátio interno, ou a professora de Português que tivera o privilégio de receber a turma nova. Ela já ia perguntar se ele tinha se enganado de sala, mas, contendo-se, deu uma rápida olhada na relação da folha de frequência, e estava lá: Frederico da Costa Rinaldi. É, não havia dúvida. Tinha um aluno homem. E o cara estava vermelho feito um camarão, sentindo-se um peixe fora d'água.

Quanto a ele, a única coisa boa que viu, no meio daquelas caras espantadas foi o sorriso maroto de Norma. Mas não deixou de notar, logo depois que a cara de pau substituiu o eritema que por instantes lhe cobrira a face, vários outros olhares também muito interessantes, pelo menos umas 25 que poderiam substituir a gostosa caso ela refugasse.

Notou também, na medida em que cada uma dizia seu nome num ritual de primeira apresentação, enquanto a professora checava a lista, que havia uma espécie de ansiedade em todas. Invariavelmente falavam seu nome e olhavam pra ele. Aos poucos, trocavam-se sorrisos, e o clima foi se normalizando. Quando ele se apresentou, "Fred Rinaldi", escutou seu nome quase como um murmúrio escapando de muitos lábios suavemente.

A primeira aula transcorreu tranquila e foi seguida sucessivamente por mais duas naquele primeiro dia. Aliás, nos dois dias seguintes também. O clima de apresentação dos professores e dos alunos foi se acalmando e a relação entre as moças e ele se normalizou. Uma das alunas era freira e, desde o primeiro momento, foi muito simpática, procurando ajudá-lo a se entrosar. Sentiu que havia sido muito bem recebido naquele ambiente predominantemente feminino e já tinha conseguido um anjo da guarda: a Irmã Augusta.

Não era ela a única representante religiosa no ambiente agradavelmente perfumado em que tinha se transformado a sala de aula. Havia outra figura, e esta não parecia ter se agradado muito com sua presença masculina: o famigerado bispo Cardoso, titular da cadeira de Filosofia. Fred finalmente conheceu, pessoalmente, o tal bispo de quem todos falavam, a única autoridade que não havia se apresentado a ele no dia da posse no quartel. *Até aquele momento — pensava — o bispo ainda não sabia quem ele era.*

Aliás, ninguém sabia. Ele não tinha dito em nenhum momento, a ninguém, desde o dia da inscrição no vestibular, e nem pretendia dizer. Ali ele queria ser apenas mais um aluno, e não estava a fim de revelar-se como o Comandante do Quartel da PM. Sabia que isso iria trazer muita chateação e pedidos constantes.

O bispo era uma figuraça; sempre de batina, nunca dava um sorriso. Apesar das censuras que lhe fazia o alto escalão da Igreja, não aceitava, de jeito nenhum, nem as modernidades litúrgicas nem as da sociedade. Mulher nunca podia entrar de calça comprida em sua igreja. Missa em português? Nem pensar. De frente para os fiéis, jamais. Coroinha tinha que falar latim, e por isso os egressos dos colégios beneditinos e maristas, onde o ensino da língua *mater* dos rituais litúrgicos era obrigatório, nunca eram substituídos. Já nem eram coroinhas, mas sim, coroas de verdade.

Fred estava se recordando desses detalhes quando percebeu mais um sobre Dom Cardoso: nos dias de aulas do bispo, quase todas as garotas vinham de saia, as saias estavam encurtando naqueles tempos, o que era muito bom. Só não via as pernas da Irmã Augusta — pedaços de coxas, nem pensar — porque o restante das alunas ele até já reconhecia pelas roliças e pelos caniços. E assim, muitas vezes, seu pensamento vagava durante as aulas. Também, pudera, tinha escolhido aquele curso por causa de uma e agora estava embaralhado com a bola que ganhava de mais de vinte.

As semanas passavam e não tinha conseguido aproximar-se de Norma como gostaria. A morena não lhe deu entrada como esperava que acontecesse. O tal motorista louro sempre vinha trazê-la, sem nunca deixar de ganhar um beijinho de despedida. Tentou lhe dar carona várias vezes, tentativa sempre gentilmente recusada. Felizmente, Fred não se importou muito com isso, porque tais recusas eram recompensadas. Difícil era saber em quem investir, porque a oferta era grande. Mas estava, ainda, reconhecendo o terreno, e não queria pisar em falso.

Fred sabia que quase todas eram casamenteiras. Naqueles idos de 1969 a virgindade ainda imperava, e a maioria delas, certamente, o queria pra coisa séria. Ele tateava para encontrar a deixa certa, pois namoro sem cama não estava em seus planos.

A crise de Susan retornou em abril. Sua vida em casa virou um inferno outra vez depois que ela soube que ele era um "bendito é o fruto entre as mulheres". Não admitia que ficasse numa turma daquelas, mas não havia outra e ele já estava gostando da faculdade. Ela voltou a quebrar as coisas e a ser aquela pessoa intragável das crises pregressas. E por isso lá estava ele, outra vez, atrás de uma mulher, mas não queria, de jeito nenhum, namorinho sério.

A morena Norma tinha sido a razão de sua atual vida universitária e nada mais. Decidiu que estava na hora de arranjar uma amante. No meio das colegas de turma que o assediavam, ia, aos poucos, procurando conhecer detalhes da vida de cada uma para investir na pessoa certa, pois não queria ficar tentando com mais de uma e "queimar o filme" com as demais.

Quatro meses de aula e vieram as primeiras provas. Bom aluno que sempre fora, Fred vinha tirando boas notas quando leu o resultado da prova de Filosofia, e lá estava, bem visível, uma nota 2. Alguma coisa estava errada. Tinha certeza de que pelo menos um 6 ou 7 seria de se esperar. Foi falar com o bispo; o cara de pau não aceitou nem revisão da prova e lhe disse que estudasse muito, porque, se continuasse com notas ruins como aquela, ficaria difícil passar. Fred ficou sem palavras. Como era possível? Nunca tinha tirado um 2! Mas não houve argumento com o padre. Seu faro policial se aguçou. Sempre achara que não dava pra confiar em homem de saias, mas como era possível aquela nota, já que nenhuma das alunas tirara menos de 5? Sua maior companheira de estudos, e em quem podia confiar mais, era a freira. Pediu a ela para falar com o professor. Vieram as férias de julho e Fred resolveu esperar que Irmã Augusta tivesse oportunidade, durante aquele mês, de conseguir um papo com Dom Cardoso.

5. O CANAVIAL

A primeira vila fundada pelos portugueses na América, em 1532, foi São Vicente. Neste princípio do século XXI e desde a segunda metade do século XX, a cidade, situada na metade ocidental da Ilha de São Vicente, foi dirigindo sua economia para o turismo. O município se liga ao continente, em duas áreas distintas: uma, o bairro de Japuí, do lado do mar, ligado à cidade por uma ponte pênsil construída em 1914, no caminho da Praia Grande; a outra, o distrito de Samaritá, que inclui hoje os bairros de Humaitá, Parque das Bandeiras, Vila Ema e o Quarentenário e em 1968 ainda era uma área plantada situada ao longo da Rodovia Padre Manuel da Nóbrega, entre Cubatão, Praia Grande e os contrafortes da Serra do Mar.

Naqueles arredores de São Vicente ainda existiam canaviais. Desde o século XVIII os usineiros eram os homens mais ricos da região. Descendentes dos senhores de engenho da época da escravidão, três irmãos dividiram uma enorme fazenda ao sul, no Arraial da Colina, local assim chamado pela proximidade com a pequena colina no entroncamento das estradas Manuel da Nóbrega e Anchieta. Cada um tocava seu lucrativo negócio de aguardente de cana, e um deles era o pai de Norma, como Fred descobriu perto do final de julho, por um acontecimento do destino.

O major foi procurado no 6º Batalhão por um tio dela. Todos eram chamados de seu Antunes — João, Antônio e Alberto. Veio a descobrir que o mais novo, seu Alberto Antunes, era o pai da moça, mas quem o procurou foi o Sr. Antônio. Muito chateado, pediu, e até em ofício, por escrito, que a Polícia Militar interviesse, pois não estava conseguindo suportar os incêndios em seu canavial.

Fred o recebeu com toda a cortesia a que os senhores de engenho estavam acostumados e prometeu investigar a causa dos prejuízos que estava sofrendo. Determinou à P2 que cuidasse do caso e o tenente Marcos e sua turma de policiais sem farda não tiveram muita dificuldade. Logo constataram que o fogo começava nas noites de sexta ou sábado. Armaram umas esperas na plantação e descobriram que vários carros entravam, com casais, nas ruas do canavial. A causa dos incêndios era a mais simples possível: cigarros jogados pela janela dos carros, fumados após uma gostosa trepada antes de o motorista ligar o carro e voltar para a cidade.

— Major, a causa do fogo é essa. Os caras, ao invés de assistirem corrida de submarino na praia, acham mais seguro entrar no canavial, assistir corrida de minhocas e chupar cana — disse o jovem tenente Marcos.

— É, cigarro em areia da praia não toca fogo em

nada. Vamos acabar fácil, fácil, com essa farra no canavial.

— Major, é até uma pena que os caras sejam fumantes. Se a gente pudesse colocar lá umas placas proibindo fumar, e eles respeitassem, seria até bom pra todo mundo manter o motel no canavial. É um esconderijo legal pra levar uma gata, melhor que beira de praia. Tem muitas entradas e a área plantada é muito grande, ninguém vê de fora — sorriu Marcos.

— Tem razão, Marcos, mas tenho que dar uma solução. Os senhores de engenho são influentes, estão tendo prejuízo, e nunca vamos conseguir que os caras transem e não deem uma fumadinha depois — sorriu de volta o major. E arrematou: — Você monta um esquema e me avisa. Vamos tapar todas as saídas do canavial com nossos carros, depois que tua turma avisar que já tem bastante gente lá. Só espero é que não peguemos ninguém nosso, e nem do delegado, do juiz ou do prefeito, e não podemos avisar pra eles se prevenirem, senão a informação pode vazar.

Assim, naquela segunda-feira, foi combinada a estratégia para o final da semana. Agora era esperar. Durante a semana ele amadureceu a ideia de como seria todo o esquema. Como gostava das coisas muito certas, mas sempre tentando não prejudicar demasiadamente quem não merecia, decidiu que estaria pessoalmente na operação para evitar excessos dos policiais e, ao mesmo tempo, evitar as famosas carteiradas e peitadas em seus soldados de alguns metidos a autoridade, ou filhos dela. Comandaria toda a operação e todos os envolvidos seriam levados a ele. Menores pegos dirigindo seriam obrigados a esperar pelos pais. Decidiu não levar para a delegacia os maiores que não criassem caso, daria neles apenas um susto para que não voltassem mais. Mas, certamente, haveria resistência e insultos, e, nesse caso, levaria os culpados ao delegado para autuação. Poderia encontrar, também, garotas menores que tivessem sofrido coação para estar lá, estupradores, quem sabe bandidos procurados, namorando tranquilamente no canavial. Tinha que estar preparado para tudo.

Selecionou os homens mais educados e preparados para a operação, o seu sub, capitão Cantareira, e o capitão Palhares, diretor de pessoal do quartel. Não queria problemas com os chefões políticos locais. Só queria mesmo é que se espalhasse pela cidade a notícia de que o canavial não era mais local apropriado para a pegação. O pior é que sabia estar acabando com o único motel de Santos, só não sabia é que tinha um defeito: os mosquitos atacavam demais, o que obrigava o pessoal a fechar todos os vidros antes de entrar.

As férias tinham terminado e a semana no quartel e na faculdade transcorreu normal. Estava numa boa com todas as colegas, e com umas quatro, tinha certeza, podia conseguir ótimas sessões de estudo para as provas. Eram de outras cidades e moravam sozinhas em Santos, duas moravam juntas e davam festas quentíssimas. Tinha sido convidado para a última, na primeira semana de férias, mas deu azar porque era aniversário do filho mais velho. A próxima, duas semanas depois, não perderia por nada. Sabia que se esperasse o final da festa era quase certo ficar com Marina — a loura mais sexy da turma sempre tinha dado abertura, mas, nos primeiros meses do ano, ainda achando que Susan estava curada e com a nova lua de mel em andamento, tinha evitado qualquer aprofundamento de relações com as colegas. Agora seria diferente. O segundo semestre prometia.

O bispo-professor não cedeu aos pedidos da freira e sua nota permaneceu. Na primeira aula percebeu que o cura realmente estava decidido a pegar no seu pé. Sempre era escolhido para responder alguma pergunta e sempre fustigado. O professor sempre o criticava, polemizava suas respostas. Seria porque nunca tinha sido visto em nenhuma missa rezada por ele? Desde que fora transferido e soubera das rebeldias litúrgicas das igrejas do município, comandadas pelo famigerado padre, evitara comparecer a quaisquer cerimônias religiosas, e muito menos a missas em que o padre ficasse de costas. Vai ver o padre sabia quem ele era e queria fazê-lo ajoelhar-se diante dele. Seria a forma de mostrar sua autoridade, que ele considerava máxima na cidade. Todos os outros poderosos iam às missas e evitavam problemas com o bispo rebelde. *Só podia ser isso* — pensava. — *O bispo, com certeza, sabia muito bem o nome do Comandante da PM local e, desde que o vira na relação de alunos, decidira subjugá-lo.*

— Ah, mas isso não vai ficar assim. Vou ter que dar um jeito de quebrar o gelo desse cara. Que azar! Logo ele ser meu professor! — comentou com o sub, analisando o comportamento do bispo.

— Dom Cardoso é professor de Filosofia, mas o que ele dá, mesmo, é aula de Teologia, droga! Como posso concordar com isso? De que adianta estudar Filosofia nos livros recomendados, se parece que estou lá pra aprender catecismo e fazer prova de catolicismo? Tudo ele discute com base nos Concílios, e insiste em provar a forma que considera certa de relacionamento dos padres com a Igreja com exemplos de 1600, 1800. O cara não admite que, com a mudança de costumes e o avanço tecnológico, a Igreja também tenha que avançar em novas formas de comunicação.

— Você disse que era contra os costumes impostos por ele? — perguntou Cantareira.

— Não, cara. Eu nunca disse que sou contra. Ele deve ter percebido por alguma resposta, na primeira prova, e daí quer me fazer de pele da turma.

— Que tal você passar a ir à missa dele?

— Ah, isso não. Sou milico, sei pra quem tenho que me enquadrar, mas não vou fazer isso só pra agradar esse cara de batina. Pra ele não vou bater continência. Vou esperar o momento certo. Um dia ele vai precisar de mim.

— O pior é se algum beato dele for pego no canavial. Olha que o cara é muito influente, e pode conseguir tua cabeça com os generais — disse o sub.

— Vou pagar pra ver — encerrou Fred.

6. A Operação Canavial

Sexta-feira, às 23h30, Fred estava ao lado do Cabo Epa, seu constante e fiel escudeiro, que conduzia o carro do comandante. Com eles, mais dois policiais: o Tenente Mauro e o Sargento Adriano. Pararam na entrada norte do canavial. Segundo informações da P2 havia 23 carros lá dentro. A plantação tinha duas entradas pela rua de terra que ligava o centro de São Vicente ao Arraial da Colina e terminava na antiga Estrada Padre Manuel da Nóbrega. 500 metros após a segunda entrada a fazenda dobrava à direita em direção à via Anchieta. Essas áreas, loteadas em 1980 entre as duas estradas, estão hoje quase totalmente construídas. Nessa rodovia desembocavam mais duas ruas internas do canavial, por onde saíam caminhões carregados pelo setor direito que logo procuravam o asfalto, para evitar o terreno ruim na época de chuvas. Pelo meio do canavial vinha a outra entrada, que dava na casa sede da Fazenda Santo Antônio — após a divisão da gleba original entre os três irmãos, ganhara esse nome por causa do santo de devoção de seu Antônio Antunes. Ao lado da sede ficava o maior alambique da região, herdado do velho Eduardo Junior, filho do último senhor de escravos, o coronel Antunes de mesmo nome. Sua fazenda, naqueles fins do século XIX, tinha pra mais de 200 alqueires, toda plantada de cana.

Coronel Antunes tinha sido tudo naquela região. Quando não era ele mesmo o prefeito da antiga São Vicente, o cargo era de quem indicava. Deixou apenas um herdeiro, mas tinha por fora mais de 10 filhos com as ex-escravas mais bonitas, e ainda mais ninguém sabe quantos poderia ter espalhado em suas muitas viagens. Por isso conheciam-se, naquelas bandas, muitos negros e mulatos com sobrenome Antunes, claro que a maioria deles porque muitos escravos, ao serem libertados, adotavam o sobrenome da família para quem trabalhavam. Uns poucos, no entanto, eram mesmo seus filhos, registrados de propósito com o sobrenome dele, apenas pela mãe.

O engenho da Fazenda Santo Antônio era o maior produtor de aguardente de São Paulo. Com a divisão entre os últimos herdeiros, Antônio ficou com menos terra, mas herdou a sede com o engenho de cana, enquanto José e Alberto ficaram com 80 alqueires cada um e sem sede, que posteriormente vieram a construir. Vendiam a cana para o irmão, que a processava, e ainda tinham participação nos lucros do engenho. Tinham também liberdade para vender sua produção para outros engenhos.

Fred mandou um carro fechar o único acesso da sede ao canavial, mas antes deveria tranquilizar a família do Sr. Antônio. Os outros se postaram na entrada das outras três ruas de acesso. Estava tudo cercado. A ordem era tocar as sirenes das duas viaturas das entradas do sul, na beira da pista asfaltada. O capitão Cantareira estava no carro da entrada à direita de onde estava o major Rinaldi, e os policiais dos dois carros fariam as abordagens, levando as pessoas de cada veículo à presença de cada um dos oficiais. Certamente, nenhum dos carros procuraria sair pela rua que ia à sede da fazenda, mas se isso acontecesse teriam que voltar, porque lá haveria um bloqueio.

Os carros do sul começaram a tocar as sirenes e a avançar lentamente. Começou a loucura. Ouvia-se a ignição de carros e os motores roncando desesperadamente em direção às saídas laterais. Fugiam das sirenes e se aproximavam dos bloqueios de Fred e Cantareira.

Fred continuava sentado na viatura quando viu o primeiro carro chegar, e a mesma cena se repetir com cada um dos outros — um motorista pelado e, do lado ou no banco de trás, uma mulher tentando vestir-se apressadamente. A ordem era mandar apagar os faróis, iluminar fortemente com os refletores e abordar armado, mas com educação. Motoristas eram obrigados a saltar e a se vestir fora dos automóveis. Eram checados os documentos do motorista, do veículo e passageira. Maiores e com documentos em ordem eram advertidos a não retornar, ou seriam presos da próxima vez, mas passavam pelo desconforto de serem fotografados, terem seus nomes anotados e serem levados à frente do major ou do capitão, que lhes diziam que não seriam levados em flagrante, mas que aguardassem a intimação da delegacia. Isso não iria acontecer, mas eles não sabiam; apavorados, eram dispensados.

Fizeram com os menores de idade tudo o que tinha sido combinado: foram entregues constrangidos e chorando aos pais ou responsáveis. Os homens que estavam com garotas menores tiveram que aguardar o final da blitz e enfrentar os pais das garotas, que decidiam se queriam ou não dar queixa contra o rapaz.

Tudo, enfim, corria bem, sem graves incidentes ou confrontos, quando um dos casais foi levado à frente de Fred. A garota loura deu de cara com o colega fardado, e ele tremeu quando foi fazer a preleção que tinha feito aos outros casais. Desistiu da falação, disse apenas que procurassem evitar aquele local, que estavam ocorrendo incêndios no canavial e por esse motivo não poderiam permitir mais veículos naquela plantação; visivelmente transtornado, pediu desculpas pelo transtorno. Marina, a garota loura, foi dispensada, e Fred, certamente, também. A operação foi um sucesso. Não houve repercussão, nada saiu nos jornais. Mas, e a loura, major? Como consertar o estrago?

Os Antunes ficaram agradecidos pelo encerramento das atividades do motel em seu canavial. Acabaram-se os incêndios. Em compensação, começou a queima do comandante da PM.

7. A FRITURA

Segunda-feira à noite, quando Fred chegou à sala de aula, só a freira o cumprimentou. Foi uma fritura geral e imediata. A loura, evidentemente, tinha tratado de espalhar a notícia da presença na sala de um olheiro da lei, um delator, um cara que poderia entregar qualquer um como comunista ao SNI, e, principalmente, um "empata--foda".

Nos corredores da universidade parecia que todos os olhares eram de soslaio para ele. Percebeu que passara a ser *persona non grata*, não apenas para o bispo, mas, e principalmente, para todas as colegas. Até mesmo para Norma, que apesar de ser uma Antunes não ficou nem um pouco contente. Parecia até que preferia os incêndios nos canaviais da família a um provável delator que conseguira enganá-la. Como ele poderia, agora, cantar qualquer das gatas de sua sala?

Teria que conviver com uma turma essencialmente feminina, e unida contra ele, mesmo as mais sérias, as que ele sabia que nunca frequentariam o canavial. Rompera-se o clima de confiança que existe instintivamente entre colegas de faculdade. Havia entre eles um colega que não era do meio, não era bem um colega, no sentido mais estrito da palavra. Alguém do meio policial não poderia ser um cara legal.

Fred teria que contar, mais uma vez, com a Irmã Augusta, que o entendia, e sempre o ajudara a se relacionar. Tinha, como ele, uns dez anos a mais pelo menos do que a maioria das alunas. Desanimado, ele contou a ela o que tinha acontecido e como tinha apenas cumprido seu dever profissional, além de procurar não se exceder. Sob a ótica de muitas outras autoridades, até deveria ter tomado atitudes mais drásticas. Augusta entendeu que Fred tinha sido, inclusive, comedido em excesso, pois conseguira até evitar a imprensa. Iria alegar isso em suas conversas com as colegas. Tentaria convencê-las de que o comportamento dele tinha sido correto e que, graças a esse comportamento moderado, o escândalo tinha sido evitado. Diria também a Marina que, se ela não tivesse espalhado a notícia, ninguém teria ficado sabendo que ela estivera no canavial, pois Fred era um cara tão legal e discreto que não contaria pra ninguém. Tudo teria ficado entre eles. Marina argumentaria que a PM tinha fotos dela e de seu acompanhante, mas Augusta iria esclarecer que Fred tinha os negativos muito bem guardados e estava disposto a entregá-los à garota. Iria explicar que os policiais tiraram fotos apenas para se resguardarem, em caso de queixa a alguma autoridade sobre algum abuso da PM.

Essa conversa com Augusta se deu no dia seguinte, quando ela aceitou um convite para almoçar no quartel. Após o almoço falaram longamente sobre o assunto e combinaram a estratégia de recuperação do major com as colegas de sala. A esperança de Fred era o poder de convencimento dessa religiosa esperta, que, além de educadora, tinha também formação em psicologia. Então, seu relacionamento com as colegas pelos próximos três anos dependia de uma freira. Começou a pensar em como era engraçado o destino. Seu plano era comer uma colega de sala, e agora dependia de uma religiosa até para voltar a falar com as garotas que cobiçava.

Outro combinado foi que Augusta procurasse Norma em primeiro lugar, porque ela, felizmente, não estava no canavial, e era filha de um dos donos das terras. Fred procuraria o pai dela e pediria, em troca do favor realizado, que convencesse a filha da grande necessidade que tivera de pedir ajuda à PM. Prometeria a Alberto Antunes sempre cuidar da segurança de sua filha, porque, ele devia saber, ela poderia ser naturalmente uma pessoa visada pela bandidagem ou pelos sequestradores que, àquela época, praticavam o crime por razões políticas, a fim de conseguir fundos para os grupos revolucionários.

Grande estrategista, Fred sempre pensava em tudo. Sabia como enfrentar coisas muito piores, tinha que conseguir dobrar aquelas garotas e sair por cima. O plano estava feito. Agora era agir e dar tempo ao tempo.

8. Segundo semestre

O segundo semestre já andava pelo final de setembro quando começou a parecer que as nuvens se dissipavam, o clima tempestuoso instalado na sala estava deixando o sol passar. Com a primavera, chegavam as flores e as flores de sua sala pareciam já conseguir olhar para ele ou lhe dirigir algum cumprimento. Depois das conversas de Fred com o pai de Norma Antunes, e da Irmã com a morena e as outras, a turma parecia se convencer de que não seria tão mal conviver na universidade com um comandante da PM.

Vinham observando seu comportamento, sempre tão discreto, e constatando que nada de ruim acontecera após aquela noite no canavial. Fred continuava gentil e ajudava a todas, sempre que tinham alguma dúvida nas matérias. Os pais de Norma a convenceram de que a operação tinha sido um sucesso, e que, graças ao major, poderiam trocar seu carro no início do próximo ano, pois não precisavam mais se preocupar com os incêndios, que poderiam ter chegado a destruir tudo, causando grandes prejuízos. Prometeram a ela que poderia dirigir o carro novo, o motorista garantira que já estava pronta depois de seis meses de aulas de direção, nas idas e vindas à faculdade. Não estranharam quando ela pediu que deixassem o motorista com ela diariamente, mesmo depois de receber a carteira, até que ela adquirisse total confiança na direção. E, o melhor de tudo, tinha conseguido um canavial só para ela e o louro, já que não haveriam mais carros com prováveis testemunhas nem policiais.

Afinal, tinha sido muito boa a operação realizada pelo comandante, e ela agora tinha até vontade de agradecer a ele. Depois do serviço prestado por Augusta, Norma foi a principal responsável pela disseminação da boa fama de Fred e por sua aceitação geral, a começar por ela.

A fritura de Fred terminara; em outubro, os sorrisos voltaram, e com eles os convites para festinhas e churrascos. Mais uma vez ficou provada a habilidade do jovem major para sair ileso de situações difíceis.

Se agora tudo andava muito bem na faculdade, continuava mal em casa. Susan continuava com suas crises, agora intermitentes. Ora parecia normal, cordata e coerente, por umas duas a três semanas, ora começava tudo de novo, e assim ficava mais um ou dois meses. Fred, no íntimo, já desconfiava de que fosse uma doença, e achava que só lhe restava a separação. O problema é que estava fora de sua terra — sabia que era temporário —, e havia, ainda, as crianças pequenas. Não queria jogar a toalha e preferia esperar a volta a São Paulo, a proximidade com a família, as crianças crescerem mais.

Iria continuar vivendo sua vida de semicasado, e, de vez em quando, namorar alguma mulher por uns tempos, até que aparecesse alguém de quem gostasse muito para ter forças e tentar outra vida.

Na faculdade, só esperava ter problemas com as provas de Filosofia. O que fazer para quebrar o gelo do bispo era ainda um mistério. Bem, se ele não o perseguisse, já seria bom. Estudava a matéria mais que todas e sempre achava que estava sabendo bem. Aparentemente o professor o tinha deixado em paz. Quem sabe tivesse tomado conhecimento da operação do canavial por alguém que fora se confessar, ou por algum dos seus beatos da TFP, da qual faziam parte, certamente, os Antunes. Se sabia de tudo, parecia ter aprovado a conduta profissional do aluno, e em consequência aliviado suas polêmicas com o major.

Vieram, enfim, as provas finais em novembro. Naquela época o sistema de ensino era por ano, e as férias eram realmente de três meses, iniciando em dezembro com volta às aulas em março. Quem não passasse em alguma matéria ficava em segunda época, que era realizada em fevereiro. Não sendo aprovado na segunda época o aluno podia passar, mas ficava na dependência daquela matéria. Teria que cursá-la de novo. Já pensou? Teria que aturar o bispo por quatro anos porque a cadeira dele atravessava todo o curso. Não pretendia aturá-lo por cinco de jeito nenhum! Era urgente conseguir alguma aproximação com ele.

Fred sempre conseguia boa relação com os delegados e juízes transferidos. Oferecia-lhes hospedagem no quartel, e isso era extremamente vantajoso, porque não precisavam pagar hotel e dispunham de toda a segurança. Por isso, suas primeiras obras foram quatro suítes para essas autoridades, ou para eventuais visitas de oficiais do Comando Geral. A mordomia oferecida pelo comandante era completa, mas por via das dúvidas, para evitar problemas com o CG, era cobrada desses ilustres hóspedes uma pequena taxa para cobrir gastos com alimentação. A hospedagem era plenamente justificada pela segurança que oferecia a essas autoridades, em época insegura como a do regime militar, quando delegados e juízes eram sempre visados pelos marginais.

Fred conseguia, com esse simples expediente, conquistar o apoio irrestrito da Polícia Civil e do Judiciário. O delegado e o juiz haviam concordado com sua forma de agir no episódio do canavial. E parecia que o bispo também, mas este não gozava de suas mordomias e com ele não conseguia maior aproximação. O religioso mantinha a distância regulamentar entre professor e aluno.

Passou fácil em todas as provas, mas logo ao entregar as folhas do teste na mão do bispo já viu que teria problemas. Mal se retirou, olhou para trás e viu o safado escrevendo algo, que parecia uma nota, no canto superior direito da primeira folha. Aguardou com ansiedade o resultado, e não deu outra: tinha sido reprovado com nota 4, precisava de 7, no mínimo, para fazer a média de 5 necessária.

Procurou a secretaria da faculdade e pediu revisão de prova. Implorou à Irmã Augusta, que não viu condições de conseguir dobrar o bispo e disse a Fred que ele não lhe daria ouvidos. Iria aguardar a solução do pedido de revisão. Tinha certeza de que sabia quase tudo, por que raios ele tinha lhe dado aquela nota? Foi o único aluno a ter que estudar para a segunda época em fevereiro.

Vieram as férias, e ele decidiu que não adiantava ficar dois meses estudando muito, porque o homem ia dar um jeito de reprová-lo. Passou a ir todos os finais de semana para a praia, a sair com os filhos e procurar tratamento para Susan, que já concordara com ajuda psiquiátrica, mas antes fazia questão de uma plástica no abdômen e nas mamas. Ele concordou, mas exigiu a liberação do psiquiatra para a operação.

9. O CARNAVAL

Naquele ano o carnaval caiu no princípio de fevereiro, e a prova seria na última semana do mês. No dia 2 de fevereiro, teve uma surpresa. O bispo queria falar com ele, mas nem se deu ao trabalho de marcar audiência com o comandante. Apenas deixou um recado para que o procurasse na sede da diocese. Pensou, logicamente, que o negócio era de professor para aluno. Será que tinha pensado melhor, revisto a prova e resolvido dispensá-lo da segunda época? Com ansiedade esperou a hora marcada, no dia seguinte, para ir ao encontro com Dom Cardoso.

Claro que foi uniformizado. Afinal, o telefonema tinha sido para o quartel. Ao chegar, o secretário informou:

— Vou avisar Sua Eminência que o senhor está na sala de espera.

Ele aguardou.

— Sua Eminência pediu que o senhor entre imediatamente — disse o secretário já de volta, apressado.

Fred empertigou-se em sua farda bem passada e entrou com passos largos, pisando na enorme passadeira vermelha que levava à mesa do bispo. Este fez sinal para que se sentasse.

— Vou direto ao assunto, Major — disse o religioso, sem maiores delongas.

Fred aguardou ansioso. Fora chamado de major, isso nunca acontecera na escola. Claro que o assunto devia ser outro.

— Tenho um problema crônico em Santos, que nunca consegui resolver. Todos os anos os bailes de carnaval terminam por volta das 4h00 da manhã. É um sacrifício ter que aturar essa festa pagã até de o amanhecer.

Antes que o major dissesse algo, ele prosseguiu:

— Como se não bastasse, os foliões que saem dos dois clubes após o baile da terça-feira não vão para casa. Juntam-se em um bloco que segue para a Praça da Matriz e ficam batucando até perto das 8h00. Batucam naqueles enormes tambores e cantam tão alto, que fica impossível as pessoas participarem das missas das seis e das sete.

— Há quanto tempo isso é assim, Eminência?

— Foi sempre assim, Major. E saem brigas e bebedeiras infernais. Coisa do diabo. Mulheres quase sem roupa ficam sambando, e os homens totalmente bêbados fazem tudo quanto é loucura bem na porta da minha igreja. A praça fica cheirando a urina por um bom tempo, porque são umas duzentas pessoas todos os anos fazendo essa bagunça.

— O que diz o prefeito, Eminência?

— O prefeito diz que é uma tradição com a qual ele não pode acabar. Não posso contar com esses políticos. Só pensam nos votos que vão perder se tomarem alguma atitude.

— Senhor bispo, ano passado foi o último ano em que isso aconteceu. Vou acabar com essa farra fora de hora.

— Posso acreditar no senhor, Major?

— O que me pede, Dom Cardoso, é certo. Não poderia resolver se pedisse algo errado. Mas isso eu lhe garanto que não vai mais acontecer.

— Pois muito bem, Major. Vou aguardar suas providências.

Tocou a campainha. Fred levantou-se e se despediu com um boa-tarde. Foi só. Ele não tocou no que Fred esperava, mas o major ficou eufórico com aquele pedido.

No dia seguinte, durante a reunião matinal com os oficiais, comunicou que uma operação especial teria que ser realizada na última noite de carnaval. A PM estaria na porta dos clubes e na praça com a finalidade de impedir a saída dos blocos e a continuidade da festa na Praça da Matriz. Antes, porém, de traçarem a tática a ser adotada, determinou que seu sub providenciasse um convite aos presidentes de cada clube para uma reunião com o comandante.

Cantareira mandou telefonar para cada um dos três presidentes e, para cada um, fez um gentil convite do comandante para, dois dias depois, participarem de uma reunião no quartel. Esclareceu apenas que o assunto era a segurança dos bailes no carnaval. Para que não viessem com desculpas mandou redigir um ofício convidando para o encontro, e determinou a um soldado motorista que fosse entregar pessoalmente.

O dia marcado era quinta-feira, véspera do primeiro baile, e os presidentes, pontualmente, foram chegando um a um, e recebidos pelo secretário do Comandante. A sala do Comando era precedida de uma antessala ampla, bem iluminada pelas duas janelas ao fundo, voltadas para o campo de futebol. A mesa do secretário, um suboficial, ficava logo à direita da porta de entrada. Havia algumas cadeiras, dispostas em torno de uma mesa de centro com revistas especializadas em segurança e os jornais do dia, e o simpático secretario ofereceu um cafezinho. Pediu que aguardassem apenas uns poucos minutos, e comunicou a chegada ao capitão Cantareira. Os três presidentes trocaram cumprimentos e amabilidades.

Um deles era médico, e os outros dois abastados comerciantes locais. Tinham em comum a utilização de seu cargo nos clubes com intenções políticas e certo nível de relação amigável nos meios sociais, mas, em se tratando de carnaval e futebol, a rivalidade era evidente e acentuada. Cada um defendia com unhas e dentes o esporte e o faturamento de seus clubes. Cada um procurava fazer, todos os anos, um carnaval melhor que o do outro para tentar encher seu clube e esvaziar os dos outros dois. O médico, de formação clínica na capital, era ateu convicto, e seu Deus era o dinheiro. Tinha sido o primeiro nas iniciativas de liberalidade dos costumes nos bailes do seu clube, mas no ano seguinte foi seguido pelos outros dois, que perceberam a perda de movimento que teriam. A coisa chegou a tal ponto que muita gente da TFP comentava que os bailes estavam virando verdadeiras orgias, mas isso não era problema da PM.

Claro que havia um pouco de exagero em tudo o que os fanáticos religiosos defendiam. Mas uma coisa, apenas, era da alçada de Fred: a legislação não permitia que saíssem blocos após o término do carnaval, e em plena quarta-feira de cinzas. Além disso, o horário de festas terminava às 4h00 e o barulho de blocos, mesmo durante o carnaval, só era permitido por lei após as 10h00 da manhã. Sendo assim, vislumbrou no que pretendia fazer, estritamente dentro da lei, uma forma de conquistar a simpatia do bispo. Conversou tudo isso com o sub enquanto esperavam uns cinco minutos para que os três trocassem algumas palavras na sala de espera.

Passada aquela breve espera, os presidentes foram recebidos pelo Major Rinaldi e seu subcomandante.

— Senhores, como já se conhecem, e sabem que precisamos organizar um bom carnaval no que tange à segurança, vamos direto ao assunto — o Major iniciou. — Quero ouvir dos senhores algum pedido especial, se tiverem, e colocar a PM à disposição para dar a necessária segurança aos bailes que estão organizando. Pretendemos manter uma viatura na porta dos clubes, com uma pequena guarnição, para evitar tumultos na entrada. Só entraremos no clube se solicitados por vocês, já que a segurança interna é de sua responsabilidade — continuou o comandante.

Os três, espantados com a disposição da PM em ajudar, já que nos outros comandos nunca tinham sido convidados para uma reunião prévia, relaxaram e fizeram sugestões. Contaram alguns casos que eventualmente costumavam ocorrer acarretando a necessidade de intervenção policial e a reunião foi ficando cada vez mais cordial, após mais uns cafezinhos e biscoitos, somados à notada facilidade com que Fred lhes abria as portas do quartel. Quando Fred notou que estavam na palma de sua mão, jogou a carta final em cima da mesa:

— Agora, senhores, tem mais uma coisa: este ano não vamos poder mais tolerar que os blocos de cada clube saiam, após o baile, para o tradicional encontro em que cada um tenta mostrar que é melhor que o outro.

— Como, Major? — disseram os três, quase em uníssono.

— O problema é que o barulho de carnaval tem que terminar, pontualmente, às 4h00. Daremos uma tolerância, que é tradicional nos bailes da terça-feira, até as 4h30, mas apenas dentro dos salões, não mais na Praça da Matriz.

— Mas, Major, não conseguirei impedir que os foliões saiam do clube e continuem a festa na rua — disse o médico, imediatamente apoiado pelos outros.

— Certo, os senhores não podem impedir, mas nós podemos. Os senhores podem evitar que isso aconteça controlando os chefes dos blocos de cada clube. Falem com eles para que não levem suas bandas para a rua e não incitem os foliões para sair nos blocos. Pelo contrário, falem com eles para avisar a todo mundo que os blocos não vão sair — enfatizou o capitão Cantareira, calado até aquele momento.

— Major, não temos como fazer isso. Tradicionalmente, a festa só termina quando a praça for esvaziando por cansaço das pessoas. Além do mais, os chefes dos blocos já prepararam tudo, já gastaram dinheiro e combinaram tudo como sempre fazem — insistiu outro presidente.

— Aconselho os senhores a tomar as providencias para que esses blocos saiam, então, antes da festa, e terminem seu desfile dentro de cada um dos seus clubes — disse Fred, com inteligência.

— Acho que não consigo nada disso — disse o

terceiro presidente, visivelmente angustiado. — Isso vai dar quebra-quebra dentro dos clubes.

— Amigos — disse Fred — não digam que não os avisamos. Nós vamos impedir a saída dos blocos. Este ano, e daqui pra frente, não vai haver mais carnaval de quarta-feira de cinzas na praça, e se houver vamos ter que intervir. Se quiserem evitar que alguém se machuque, vocês têm que proibir os blocos de sair e evitar confrontos com os policiais.

Essa última frase encerrou a reunião e Fred se levantou, despediu-se de cada um com votos de que resolvessem o impasse e, após cumprimentarem os dois militares, os presidentes saíram bem piores do que entraram.

Cada um correu para seu clube. Cada um, certamente, reuniu sua diretoria. Os chefes das bandas e dos blocos foram avisados da decisão comunicada pelo major comandante. A rivalidade entre os blocos era tão grande que cancelar a tradicional disputa não passava, nem de longe, pela cabeça de nenhum deles. Além disso, gostavam da sacanagem que rolava e até das brigas que saíam na rua. Já vinham, há dois anos, gastando com contratos de mulheres, as mais liberais, para atrair mais foliões pagantes. A cada ano juntavam mais garotões bons de briga, e sempre um dos blocos ganhava a parada. Tinham assunto pra muito tempo e isso aumentava a rivalidade para o ano seguinte. Esmeravam-se na música, nas mulheres e na bebida. Claro que o resultado dessa tríplice aliança era uma bagunça que incomodava há anos os moradores do trajeto e da praça, além dos fiéis que chegavam para as missas da manhã.

Fred bem que gostaria de deixar as orgias da praça continuarem a incomodar o bispo que o perseguia, mas era a oportunidade que tinha aparecido de quebrar o gelo e ter também o chefe religioso em sua mão, como ele o tinha na faculdade. Sua tarefa era fácil. Ordenou que apenas uma viatura e uma pequena guarnição ficassem perto da porta dos clubes, de 22h00 de terça até as 4 da madrugada de quarta-feira, mas que um pelotão com 30 homens chegasse pontualmente às 4h00 à porta de cada clube e, armado de cassetetes e bombas de gás, estivessem preparados para confronto. Armas de fogo só em caso gravíssimo de defesa da vida, se alguém os ameaçasse ou atirasse primeiro. Puniria, exemplarmente, quem usasse um revolver precipitadamente. Mas os cassetetes podiam ser utilizados à vontade em caso de resistência.

A ordem era tomar os tambores e tamborins, impedir as bandas de tocar e os foliões de se agruparem para seguir até a praça, onde outro pelotão estaria esperando pelos que conseguissem vencer o bloqueio dos clubes. O impedimento dos blocos seria anunciado por megafones mal a música parasse de tocar.

Fred e Cantareira deram o plano como completo, mas depois perceberiam que o melhor teria sido trancar os portões dos clubes para ninguém sair.

10. Os bailes

Os bailes carnavalescos transcorreram normalmente, com poucos incidentes — as eventuais brigas de salão de sempre, pelos motivos habituais: exagero na bebida e disputa por mulheres. Alguns travestis foram agredidos, algo que também sempre ocorria. Não houve casos graves e a cobertura de uma viatura em cada clube foi suficiente. Vários foliões questionaram os soldados sobre os blocos na quarta-feira. Ficou claro que muita gente tinha sido avisada da proibição e estavam sondando para descobrir se ela realmente aconteceria.

Os blocos saíam de três clubes apenas: o Náutico, o Praiano e o Santista. Outras pessoas, vindas de festas menores, ou que curtiam a bagunça de rua, juntavam-se no trajeto ou esperavam na praça. Com poucas exceções, àquela hora da madrugada, a maioria já estava de cara cheia, e era esse o perigo.

No carnaval o pessoal se esquecia da ditadura e se

liberava daquele clima de censura que vigorava em todo o país. Parecia haver uma cumplicidade geral em torno de Momo, misturavam-se o oprimido e o opressor: bebiam juntos nos mesmos bares, nas mesmas praias e nos mesmos bailes, dando vivas a Baco.

Os oficiais estavam preocupados com esse fator alcoólico, porque iria tirar muita gente da razão. Certamente esqueceriam a proibição, ou passariam a não acreditar nessa possibilidade. Enquanto isso, os praças, obrigados à prontidão por causa do baile de terça-feira, acumulavam raiva.

Fred não quis participar pessoalmente da operação. Escaldado pelo que acontecera na Operação Canavial, queria evitar alguma outra coincidência. Era melhor ficar em casa e deixar a coisa acontecer. Sabia que se os mais inconformados e bêbados partissem para cima de seus soldados, haveria pancadaria; bastava a presença de um tenente comandando cada um dos pelotões e o oficial do dia no quartel. Era só esperar.

O bloco do Santista não saiu. Ocorreram alguns xingamentos, os foliões jogaram de tudo que havia em cima dos soldados, mas não saíram. O chefe da banda de música, por sorte, era um terceiro-sargento, e convenceu os outros músicos a ficarem no salão. Os músicos e o pessoal da percussão deram de cara com o pelotão na porta da sede e disseram aos tenentes que estava tudo combinado, não tocariam mais. Saíram, inclusive, com os instrumentos dentro de suas capas. Muita gente saiu do clube comportadamente, mas outros atacavam a tropa com palavrões. Enquanto uns caminhavam outros saíam correndo e, de longe, jogavam pedras na direção dos soldados.

Na porta dos outros clubes, ao contrário, o pau

comeu. Os PMs acompanhavam a saída, davam explicações aos mais educados e discutiam com os mais agressivos. De repente, a cerca de uma quadra dos portões, as bandas começaram a tocar. Começou a batucada e muitos homens encararam os PMs. Não havia mais como dialogar. Houve correria e confusão. Muitos conseguiram fugir para a praça, e lá deram de cara com outro pelotão. O cassetete entrou em ação e os soldados descarregaram a raiva que os consumia em cima de cada um que os encarou.

Na porta do Náutico a confusão foi maior, até a diretoria entrou na bordoada. Quando uns 100 homens partiram pra cima dos PMs, as bombas de gás foram lançadas até dentro do hall de entrada do clube. Quantos puderam pegar, os PMs pegaram, e foram jogando dentro dos camburões. Foi uma coisa incontrolável; nem os tenentes tentavam, porque não havia como controlar, houve muita cacetada nas costas, nas cabeças, muitos cortes e contusões. Não houve uso de armas de fogo.

Os bumbos foram arrebentados e muitos outros instrumentos quebrados. As pessoas fugiam para todos os lados, e os que ousaram encarar acabaram sendo levados para a Santa Casa. Os plantonistas não deram conta de atender rapidamente os cortados, os fraturados e os embriagados cheios de hematomas. Quem chegou à praça também acabou dispersado pela violência, porque não havia outro meio de convencimento.

Os homens ficaram nas bases que tinham armado até amanhecer, e, na praça, até a primeira missa terminar, às 7h00. Só retornaram ao quartel quando tiveram certeza de que não havia mais condições de ninguém se reunir.

O major foi tomar o café da manhã no quartel. Como sempre acontece, e Fred sabia disso, viriam as reações e as críticas. Inteirou-se de tudo detalhadamente, e comemorou: os blocos não tinham saído como havia prometido. Por bem ou por mal, não tinham conseguido sair. Naquela quarta-feira todo mundo foi dispensado, exceto o pessoal de serviço. Não faltaram reclamações. Seus homens foram acusados de violência pelos vereadores. O Comando Geral certamente receberia alguns ofícios, e ele teria que dar muitas explicações.

Fred aguardou. Estava preparado.

11. MISSA SEM BATUCADA

Fred tinha acertado na mosca.

— Cantareira, foi um xeque-mate. Agora o bispo já sabe com quem está lidando. Ou ele ficará meu amigo, e caras radicais como ele precisam da gente, ou é maluco. Não acredito, mesmo, que ele continue pensando em me sacanear na faculdade. Olha, ninguém é perfeito. Ele deve ter algum rabo. Se a coisa continuar, vou esmiuçar tanto a vida dele que ele vai endoidar.

Fred tinha aquela habilidade para enfrentar as mais constrangedoras situações, que acontecem com grande frequência na vida policial, onde um bom comandante se distingue por saber decidir correta e rapidamente. Nunca se pode agradar a todos, e ele como ninguém sabia disso, desde a época da Academia. Após a Escola de Oficiais, tivera a sorte de ter como primeiro comandante um oficial mestre em tomar decisões rápidas, embora fosse igualmente mestre em grosserias e trapalhadas. Poucos de sua geração haviam convivido com o grandalhão coronel Sturm, e hoje lembrava-se dele a cada vez que se metia em rolo.

Na época de aspirante se envolvera em confusões bem piores do que essas de agora, e, incrivelmente, sempre se saíra bem. Por isso estava tranquilo. O bispo era mais influente do que muitas autoridades no Estado, sem falar no prestígio que gozava no meio militar — onde vários generais, naquela época dura da repressão, eram fiéis seguidores do seu conservadorismo.

Nem dois dias tinham se passado e Fred já se preparava para viajar ao QG, pois a ordem do Comando Geral era de comparecimento imediato. Ele e o sub tinham avaliado bem os acontecimentos e, realmente, o saldo era positivo, nenhuma baixa, de nenhum dos lados. Seus homens tinham baixado o cacete, mas não haviam disparado nenhum tiro. Ossos quebrados, cortes, contusões e bumbos furados não poderiam terminar em tragédia. Claro, alguns dos ossos eram de parentes e assessores das autoridades, e alguns telefonemas e ofícios deveriam ter chegado até a mesa do governador. A imprensa tinha caído em cima, mas mais discretamente do que Fred esperava, e alguns jornais tinham elogiado muito a intervenção. Ao fim da missa de quarta-feira o bispo tinha vindo até a porta e os fiéis, junto com ele, bateram palmas para os PMs que estavam na praça. Tinham tido uma missa tranquila e o batuque não atrapalhara o evangelho.

— Bem, Canta, vou lá ver o que vão dizer. Se der errado te aviso — foram as últimas palavras do major ao se despedirem. Fred sentou-se ao lado do motorista, sempre o Cabo Epa, seu amigo ainda da época da cavalaria, primeiro quartel em que tinha sido lotado depois da escola. O Cabo havia tirado o então segundo-tenente de tantas enrascadas, com o faro e a antiga experiência na corporação, que Fred nunca mais quis se separar dele e, a bem da verdade, aprendera muitas manhas do que se passava na tropa com aquele caboclo nordestino, astuto, treinado, fiel como um cão de caça.

Durante a viagem vieram à cabeça de Fred passagens da vida de seu amigo. Os muitos fios brancos que enfeitavam a chata cabeça de Epa certamente correspondiam aos quase 30 anos vividos, e bem vividos, nos rincões onde servira. Viveu a vida dura da antiga corporação e serviu a oficiais marcantes da briosa Força Pública, dos meganhas fardados cavalarianos, os "meganhas" de cáqui, valentões semelhantes aos "treme-terra", sigla criada na PM do antigo Estado do Rio de Janeiro. Os "meganhas" e os "treme-terras" faziam jus ao apelido. Eram temidos e destemidos, e faziam honrar a designação. Quando chegavam aos eventos, resolviam. Traziam os bandidos por bem ou por mal, mas ou traziam, ou deixavam os caras estendidos aguardando o rabecão. Epa tinha vivido, muito mais do que Fred, a época do legendário Hans Sturm, e isso era um orgulho para ele. Tinha muitas histórias do coronel pra contar.

12. O Cabo Epa

O sertão de Americana, conhecido como Santa Bárbara, era uma área abandonada, semelhante a outros sertões do Brasil, uma parte do estado que poucos conheciam, — um "cu de mundo", como Epa dizia. Ainda não havia sido criado o 19º BPM do Interior, o que só ocorreu em 1976. Muito menos existia a 2ª Cia. em Santa Bárbara d'Oeste. Cada pequeno lugarejo tinha um destacamento de "puliças", PMs que se mudavam de mala e cuia vindos de Campinas e exerciam quase todas as funções na comunidade, pois a região era subordinada ao 8º BPM da cidade maior. Só o padre local mandava mais que um Cabo da PM, que prendia, soltava, socorria, dava cascudo em moleque, só não desquitava; enfim, os padres eram tudo, eram os senhores da autoridade. Claro que, com o tempo, as coisas mudaram, e hoje, juízes, delegados, cabos da PM e claro, os padres, dividem o poder.

Naqueles tempos havia um delegado que, só ele sabia por que, tinha se mandado para Santa Bárbara, nomeado pelo Interventor do Estado, para botar ordem na casa. Acho que não havia desordem, havia era o desejo do Dr. Delegado Anestor Lima Pereira de se enroscar com uma cabocla conhecida como Lili Boquete, longe das críticas pastorais da capital. Em Santa Bárbara exerceu a plena função, sem uma única prisão, até morrer de sexo e cirrose, já que era dado a um trago de cachaça e mel do puro em jejum.

Logo a vila exigiu outro delegado. Com seus 312 moradores, já tinha poder político, apesar de estar longe ainda da emancipação. Era uma complicação, porque ninguém queria o cargo, de pouca importância e muito desconforto. A solução foi dada com sabedoria: foi empossado o Cabo PM Ephaminondas (com ph mesmo) Zeferino, subdelegado do falecido Anestor, já bastante conhecido na vila e morador há décadas, e pra ser delegado ainda não era exigido o bacharelado. Ephaminondas logo ganhou autoridade e apelido, "Cabo Epa". E a vidinha da vila continuou a mesma.

Passou-se o tempo, até que morreu o Soldado Gabiru, auxiliar dileto do delegado, cujo apelido fez seu nome ser esquecido até nos registros da Diretoria de Pessoal da Capital. Deixou no abandono a negra Estela, sete filhos vivos e um no bucho. Claro que Estela não era uma negra qualquer; de um escuro brilhante, boca de carne viva, bunda estonteante e xibiu de calor, talvez fosse a razão primeira de Gabiru ser o dileto do delegado.

O Cabo Epa se perdia em devaneios. Estela era seu sonho. Afinal, ainda era solteiro, e suas experiências não iam além do único puteiro de Americana, repleto de chatos e gonorreias. Desdobrou-se em rapapés. Mandou flores, docinhos de coco com abóbora. E nada, nada fez a viúva ceder aos desejos mais sórdidos do Cabo Epa.

Numa noite quente, daquelas de dar bronze em carrapato, o Cabo Epa perdeu as estribeiras e partiu para a casa da viúva Estela. Na porta, já foi tirando a farda encardida. Naquela noite não tinha desculpa, estava afogueado, repleto de desejos pela negra, mas não acabou de tirar a farda e nem passou do portal. Ficou ali mesmo, embasbacado ante a negativa da viúva.

Nem tudo, porém, estava perdido, pois teria amor completo se comprasse uma patinete para o mais novo, nascido há dois anos. Trato feito, foi a Campinas, melhor centro comercial próximo daqueles confins, buscar uma vermelha, com rodas de borracha, bagageiro e tudo o mais. Afinal, valia a pena, seria uma noite daquelas, inesquecível. E certamente foi.

A paga foi entregue e a filharada saiu para o pátio. Ficaram entretidos entre "bibis" e capotagens, enquanto o Cabo Epa partia para o combate frenético. Teve de tudo, muito. Foi uma tarde inesquecível, e os dias que se seguiram provaram que Estela era boa de tudo. Já se preparavam para montar casa, mas a surpresa veio em poucos dias. Alegria de cabo da PM dura pouco. Acordou cedo com o esquentamento que lhe escorria pela cueca, e logo descobriu que tinha entrado para o clube do "Pinto que pinga", apelido que os outros da vila tinham recebido quando trocaram brinquedos pelas tardes de vadiagem com a negra Estela. Todos os filhos tinham brinquedos: velocípedes, bonecas, espelhos e bicicletas.

Epa correu para o único médico da vila, para o tratamento com fórmulas que limpariam o instrumento.

— O que foi isso, Cabo Epa? — perguntou o médico, como se não soubesse.

— Foi uma patinete, Dotô. De tanto patinetá, en-fraqueceu o pinto — respondeu com vergonha.

Nas mãos do doutor, o pinto pingante do cabo escapou de uma boa, porque a penicilina, que doía feito mordida de cobra em boas doses de 24 mil unidades, já resolvia rapidamente as gonorreias. Antes dela, a barra era pesada, o pinto tinha que ser esfregado por dentro, na uretra, com uma coisa parecida com as escovas que o cabo Epa usava para limpar o cano de suas armas. E era difícil de curar.

Passou o tempo e, da capital, chegou um médico novo. Mal o coitado aportou em Americana foi inaugu-rado um puteiro novo, com moças velhas na arte. A fila no ambulatório que a Prefeitura construiu aumentava a cada dia, todos do clube do "Pinto que pinga".

— O que é isso, meu filho? — o médico pergun-tou ao Soldado Tancredo.

— Foi uma patinete, Dotô — Tancredo respon-deu, insolente.

— Patinete é o cacete, o nome é gonorreia — atestou o médico. O Soldado Tancredo saiu do ambula-tório e gritou para o resto da fila:

— O Dotô conhece a Estela, sabe até a marca da patinete!

13. A INUNDAÇÃO

O Cabo Epa, apesar da patinete mal curada, ainda era delegado de Santa Bárbara. Era dezembro, e chovia assustadoramente, daquelas tormentas que fecham a luz, lembram a noite.

O Delegado Epa, como agora gostava de ser chamado, mandou chamar em casa o Soldado Pipipi, ou melhor, o telegrafista do destacamento. Naquele tempo não tinha outra forma de comunicação.

— Pipipi, manda a seguinte mensagem para o comando: "Superior, a situação tá preta. Chove canivete, o pato da Berenice tá resfriado, o cachorro bebe água sentado na varanda. Mande ajuda".

— É pra já, Delegado — respondeu Pipipi.

A situação estava complicada. A vila ficava entre dois vales que vertiam água como cachoeira. O rio, antes um pequeno riacho, agora estava largo e chegava às portas das casas. Levava tudo com ele: muros, cercas, porcos, galinhas, carroças e construções que ficavam nas encostas. A ponte de madeira, aliás, a única, já havia sucumbido às correntes do riacho. Nem para fugir dava mais. Era um Deus-dará, um furdunço da natureza, uma vingança divina, segundo os crentes. Na janela da paróquia, de joelhos ralados, o padreco Galvão, novinho e recém-chegado, coitado, procurava uma luz divina. As beatas faziam coro com o padreco:

— É São Pedro, padre, que chora e arrasta os móveis. Tudo culpa das putanas da Rua das Pedras.

A ajuda finalmente chegou, e veio das trilhas nas matas. Na frente, a figura do grande Tenente-Coronel Hans Sturm. De botas de cavalaria e esporas, parecia o General Patton.

Coisa complicada era com ele mesmo, sempre era lembrado nas horas mais difíceis. O governador queria ajudar imediatamente. Afinal, quem construíra a única ponte, aquela porcaria eleitoreira, tinha sido ele.

Não parava de chover e, na lama mesmo, levantaram as barracas de lona, primeiro a do rancho, depois a enfermaria e os alojamentos. Uma hora depois foram meter mãos à obra. Era cavar e cavar, revirar lama e cascalho, recolher os mortos, identificar e cavar de novo. Tirar os vivos da lama e dos escombros era prioridade — salvar vidas, descer as encostas com os feridos nas costas, até que o "dotô" desse cura ou lacrasse os olhos.

Foram seis dias no barro, sem tirar a roupa, sem dormir deitado, sem se barbear, sem privada. A comida era charque e cachaça, ótimo para diarreia. À noite eram tirados os faróis de velhas picapes Dodge, as únicas sobreviventes, que, com o ajeitamento do Sargento Pereira, mecânico de mão cheia, viravam lanternas para ajudar a cavar e cavar mais.

A igreja virou depósito de gente viva, que sofria a amargura de perder a casa e a dignidade. Valas foram cavadas e os mortos deitados juntos, lado a lado, cobertos com mortalhas que eram encontradas espalhadas, nas sobras das coisas. O cemitério agora era um pântano, e os ossos escurecidos às vezes boiavam na corrente. Depois batizaram o riacho de Rio da Morte, um bom nome.

No final de tudo, nada sobrou. Só uma réstia de sol dava esperança, um sol que fazia brotar o cheiro bolorento das coisas mortas e perdidas. Acabado o serviço, nem cachorro ficou embaixo da terra. Com lástima, sentaram-se na beira da lama para esperar o rancho. Era meio-dia, o sol já esquentava e a lama endurecia.

Como era época de eleições, logo chegaram os abutres. Era o prefeito do município e seus baba-ovos, e seguindo o grupo um sem-número de fotógrafos e escreventes de jornais locais, lacaios da situação política, aproveitadores da miséria. O prefeito, um libanês por filiação, ia à frente de terno branco de linho, chapéu panamá, óculos escuros e sapatos de duas cores. Pisava com cuidado para não sujar o linho e o cromo, e a horda seguia calada. Parou em frente ao coronel Hans e ordenou:

— Coronel, pode ir embora com seu pessoal. Tá tudo sob controle. Assumimos daqui para frente — e pegou uma pá para a fotografia de estilo.

— O senhor quer mais uma ajudinha, Prefeito? — perguntou Hans, deixando a tropa perplexa ante a educação incomum. Levantou-se da barranca, pegou um balde de lama e merda e, com todo o cuidado, derramou lentamente sobre o panamá da autoridade. Depois sapateou um xote na lama, espalhando a pasta fedida para os lados e encagalhando os lacaios mais próximos.

— Agora o senhor está a caráter, pronto para as fotos — ele mesmo respondeu, com ar de deboche.

Nenhuma foto foi tirada, nada foi comentado, não houve punição. Nada aconteceu; ninguém se meteria com ele, não às vésperas das eleições. Foi só mais um tanto de inimigos, e isso não era novidade para o polêmico Sturm.

14. O LINHA-DURA

Quando Fred conheceu o Coronel Sturm, era um aspirante saído da escola. O cara era um grosso respeitado, não tinha meias palavras. Sturm tinha sofrido com sua grossura até colocar a primeira "gemada" no ombro. Várias foram as punições, mas tanto subordinados como superiores o olhavam com respeito, pela seriedade nas ações e pela honestidade com os fundos dos quartéis onde foi tesoureiro. Quando a estrelinha dourada chegou, foi possível liberar de vez a grossura nata.

Fred lembrava-se dele já com seus cinquenta anos, as costeletas brancas, parecendo um dálmata. Logo ao sair da Escola de Oficiais foi lotado na cavalaria, para onde Sturm havia levado Epa depois que o cabo perdera o posto de delegado de Santa Bárbara. Pode-se dizer que Fred teve uma excelente escola de honestidade e de caráter tendo como primeiro comandante o Cel. Hans, "alemão" para os oficiais, e "Strume" para os praças menos letrados, como o Cabo Epa. Também tivera a sorte de conviver, logo no início, com o fantástico praça, com quem aprendeu as malandragens que lhe permitiram vir a ser o oficial hábil e safo em que se tornara.

Assim ia Fred para a capital, pensando na vida, nas histórias que lhe vinham à cabeça sobre esses dois homens que tanto o haviam influenciado. Um deles, felizmente, ainda estava vivo e fazia parte de sua vida. Podia pedir o que quisesse ao Epa, pois tinha certeza que ele daria solução. E ai de quem dissesse que Fred era feio: Epa era mais fiel que um rottweiler amestrado, e maior cabra-macho nordestino não existia. Há anos era a sombra do seu comandante, que podia dormir enquanto ele dirigia, mas preferia ficar admirando sua maestria ao volante e repassando na memória as histórias que vivera com ele, ou nas quais tivera a ajuda dele, ou de personagens a ele ligados, como o louro coronel.

Resolveu puxar um papo com o Cabo, para ver se ele lembrava de alguns "causos" do coronel "Strume".

— Epa, estava aqui me lembrando do coronel Sturm, e de alguns antigos casos seus também.

— Majó, esse sim, além do sinhô, foi um cabra que eu admirava. Já lhe contei o ocorrido quando a muié do governadô foi à cavalaria a modi assistí a prova hípica?

— Ah, dessa história eu me lembro. No quartel, me contaram logo que cheguei. Tem horas em que eu invejo o coronel Sturm. Sempre procurei agir como ele, mas nunca consegui atingir o nível de grossura.

— É, o Majó sempre consegue ser safo como o Strume mas nunca vi o sinhô fazer as merda dele. O sinhô é inteligente igual a ele, mas é mais afinado.

Claro que ele queria dizer "refinado", mas Fred

não o corrigiu. Veio-lhe então à cabeça a história da prova hípica.

Para entender a relevância dessa prova e só lembrar a importância do Regimento de Cavalaria 9 de Julho, instituição policial mais antiga de São Paulo. Já em 1831 o Brigadeiro Raphael Tobias de Aguiar vinha trabalhando para a criação de uma Companhia de Infantaria, e, finalmente, em 5 de julho de 1832, foi criada a Seção de Cavalaria, que posteriormente deu origem à atual Polícia Militar. Em 1892 transformou-se no Regimento, e seu efetivo, denominado Corpo da Cavalaria, foi transferido no dia 11 de outubro do mesmo ano para o Quartel da Luz, onde está até hoje — na esquina da Rua Jorge de Miranda com a Avenida Tiradentes. Sempre, nesse dia, comemora-se o aniversário do Regimento.

A tropa estava engalanada, pronta para receber o governador e sua redonda e loura esposa, dona Efigênia. À frente dos cavalarianos estava o comandante, Tenente-Coronel Hans Sturm, um cavalariano às antigas: gaúcho, grande e louro, um típico cavalariano dos pampas de origem alemã. Como todo cavalariano típico, era tido como um "toco de cortar carne, um capa-porco" na linguagem dos rudes homens da lida de animais. Não media palavras, era cru como sela de jumento.

Todos sabiam que o governador gostava como um filho do comandante e grande montador, da mesma forma que madame Efigênia o odiava. Eram brigas de religião: o governador era um tosco ateu, como Sturm, e madame uma carola, uma beija-mão de bispo. Todos sabiam que, cedo ou tarde, Strume, como os cavalarianos o chamavam — não por falta de respeito, mas por não entenderem seu nome —, não aguentaria a implicância da primeira-dama, uma loura azeda, redonda, de maus bofes, vinda analfabeta de uma estância pras bandas de Bagé.

Aquele, porém, era dia de festa, então voltemos a ela, uma prova hípica seguida de churrasco e cachaça da boa, vinda das terras do governador. Depois viria um amargo, para poder arredondar o dia. O comandante iria abrir a prova montando uma égua do próprio governador, uma potranca redonda, baixa e loura como Dona Efigênia. O homem era admirador do hipismo e criador num lindo haras na serra mineira. Talvez essa paixão por cavalos fosse a causa da simpatia pelo gauchão de bombachas, conterrâneo de sua esposa.

Bem que o nosso comandante tentou de tudo para não cometer o erro de perder a prova, mas foi em vão: a égua não passou do primeiro obstáculo, refugou de cara. Triste como um terneiro com fome, foi para o palanque das autoridades se desculpar pela falha. Foi o suficiente para virar "Cristo" da madame, que conseguiu mais uma oportunidade de marretar o grandalhão desastrado desviando a culpa da égua pra cima do coitado. Lá pelas tantas, o governador quis saber o que havia acontecido e teve sua resposta desta forma:

— Bem que falei para Vossa Excelência que esta loura redonda e burra não servia para nada, não passa nem vala de bosta. De que estância o senhor arrancou essa putana, que mais parece uma velha jumenta dançando um xote? — estava armado o furdunço.

— Como falas assim de minha mulher? — falou o Governador, coçando a cinta, buscando o 32 capenga. Foi uma súbita reação irracional, imediatamente interrompida.

— Pelo que sei, Vossa Excelência é casado com Dona Efigênia, não com essa égua sem-vergonha — retrucou o Coronel Sturm.

O governador caiu em si, e pra não perder a pose, riu e disse:

— Claro, Coronel, eu tava brincando.

Na verdade, não estava, não, mas, cínico como era, Hans fingiu que tinha acreditado. Desfeito o mal--entendido, ou o bem-entendido, foram para o churras-co. O velho Hans "Strume" estava vingado.

15. A LÂMINA DO SABRE

Depois da desgraça da prova hípica, nosso bom e des-temperado Sturm foi mandado para o 1º Batalhão de Polícia de Choque. Uma transferência para bem longe foi exigência da madame, como contrapartida para vol-tar a dormir com o governador. O velho era um sátiro na cama e não ia ficar sem suas brincadeiras favoritas, o pula-pula e o pega-pega, safadagens inventadas por ele e a madame para apimentar um já desgastado casamento.

Para não parecer coisa encomendada, o Coman-do Geral resolveu a parada com uma promoção mais a transferência para acalmar a madame, mas não foi para longe, porque essa condição não foi exigida pelo gover-nador, que nunca deixou de admirar o alemão.

Muito bem. Hans Sturm, agora Coronel, por con-ta da promoção cala-boca, teve direito a levar dois baios de polo mais as botas e esporas douradas de cavalaria, luxo que não dispensou nem no próprio enterro. Como dizia, ele era "de cavalaria" e não "da cavalaria".

Um ano após o nosso incidente hípico, houve nova festa, agora os cinquenta anos do 1º BP Choque. Novamente, o batalhão engalanado, a tropa com uniforme histórico da guerra do Paraguai e bandeiras desfraldadas, enfim, tudo a que se tem direito para uma boa festa militar. Após os desfiles regulamentares seria servido um rega-bofe, agora com vinho e canapés, bem diferente da cavalaria, afinal, o Choque era "de elite".

Como sempre, o comandante ia à frente, bota e espora, sabre de cavalaria. Sendo de cavalaria, não dispensava a indumentária-padrão. Com muito custo o subcomandante conseguiu que usasse um capacete com viseira, daqueles que tampam a cara do combatente até o gogó, para não ficar muito diferente dos infantes.

Ocorre que o nosso célebre comandante, sofredor de uma rinite crônica, estava muito gripado e com os restos de uma carraspana que havia tomado no dia anterior. O catarro lhe escorria sem parar pelo nariz adunco, em cascatas constantes, e o levava de vez em quando a meter o lenço na nareba para secá-la. Tudo estava indo bem, até mesmo o funga-funga da gripe, até o momento de apresentar a tropa ao Senhor Governador. A corneta deu o toque, a tropa ficou em sentido, o comandante se perfilou e caminhou em passos cadenciados. Apresentou armas, ou melhor, o velho sabre, que, de tão usado, após o vigoroso movimento militar soltou a lâmina, que voou e se cravou no chão, a poucos passos do pé do governador. Na mão do coronel ficaram somente o punho e o copo do sabre ultrapassado. Um oh! de crítica saiu da plateia em uníssono, mas o grande coronel não perdeu a calma, permaneceu em posição impecável de sentido, até que não aguentou mais. A gripe foi mais forte, e um espirro do tamanho dele saiu do fundo do pulmão mo-lhado e encatarrado e se pregou escorrendo na viseira do capacete — uma porcaria melada correndo livre pela farda impecável. Pior que os infortúnios foi o que Sturm disse depois, em tom baixo, porém audível o suficiente para a madame, que tinha ouvidos de tuberculoso:

— Bah! Fiz merda de novo.

Dona Efigênia se chegou ao ouvido do marido:

— Ademir, não sei mesmo como você atura esse monstro. Estraga todas as festas. O Batalhão de Choque não é a elite da PM? Como você bota um cara desses no comando? É um grosseirão, que só presta mesmo é pra viver com os cavalos.

— Eu sempre gostei dele, mulher. É um cara sé-rio, diferente de muitos falsos por aí. Na cavalaria, nin-guém é melhor. É só um pouco desastrado. Eu só reco-mendei a transferência, quem escolheu pra onde ir foi o Comandante Geral.

E foi assim que Hans Sturm voltou para a Cava-laria, dois anos antes de Fred conhecê-lo. Pelo menos a gripe do coronel serviu para o retorno aos cavalos, ao seu mundo, ao terreno que ele amava. Pena que foi por pouco tempo.

16. Epa na Cavalaria

O tempo passou. Epa não era mais o delegado em Santa Bárbara e a cidade aumentara rapidamente, de trezentas e poucas almas para mais de dez mil viventes. Nunca se fizera tanto filho. Mulher boa tinha que parir, no mínimo, quatro rebentos, de preferência machos, para sustentar os pais no futuro. De outros rincões do Brasil chegavam migrantes, tentados pelas plantações de café que, tal qual Itabuna com o cacau, tinham seus coronéis.

Tinha virado uma cidade grande, com prefeito, vereadores, padres, políticos e todos os outros que vivem em torno de oportunidades. E também putas, muitas putas, agora denominadas "mulheres-damas", para não chocar os ouvidos "puros" das carolas que, apesar de tudo, agora eram voto vencido. Putas também votam, e por isso, receberam uma rua só para elas, a Rua da Lama — ou "Rua do Quebra-cu", em homenagem aos bebuns que, após as carraspanas da madrugada, arrastavam-se de bunda pela ladeira abaixo.

Como cidade grande, carecia de mais polícia e, quem seria o indicado para montar uma Companhia nesse fim de mundo? O Coronel Hans "Strume", claro. E para lá seguiu ele, pela segunda vez. Não escolheu seus homens, só recebeu o "resto" da polícia — o que nenhum comando queria, mandavam para Hans, e da mesma forma foi feita a Companhia. O Núcleo precisava ser iniciado, e foi o embrião do que mais tarde seria a 2ª Companhia de Santa Bárbara d'Oeste, só que montado tão às carreiras que foi apelidado de Forte Apache, já que era todo de madeira, uma tranqueira de arquitetura, qual a cabeça de seu comandante. Mas para Hans estava muito bom. Ele não reclamava de nenhuma missão. Recebia a ordem e cumpria.

Quanto ao pessoal, cada um tinha sua história, e é curioso como as coisas acontecem: junta-se um bando de estrupícios sem futuro, mal acabados, mal fardados, sem motivação, e joga-se todo esse pacote em um só lugar, aquele novo batalhão. Não poderia dar certo, mas deu mais que certo. Eram pau para qualquer obra. Talvez sentissem que era uma última oportunidade, ou precisassem de uma motivação para fazer alguma coisa que ninguém faria.

Claro que o coronel recebeu de bom grado os homens de Epa, o cabo que comandava o antigo destacamento. Epa foi seu tudo. Fora um major, um capitão e dois tenentes que trouxera consigo, o Cabo Ephaminondas era o praça de sua inteira confiança, quem conhecia a vida da pequena cidade desde que era uma pequena vila; foi peça-chave na montagem do Núcleo e a memória viva do arquivo montado pelo Tenente encarregado da P2, órgão de informações da Unidade. Epa sabia da vida de todo mundo, até da intimidade dos atuais políticos. Conhecia pessoalmente cada um dos safados, dos ladrões de galinha aos ladrões de verdade. As putas, então, Epa conhecia profundamente. Por tudo isso, para Hans, Epa foi fundamental.

Outro praça que caiu nas graças de Hans foi o Sargento Filomeno, um dos desterrados enviados para pagar os pecados naquele fim de mundo. Era um tipo bastante curioso, mas isso não era novidade para o coronel, já que sempre lhe mandavam os tipos mais estranhos. Alto feito um carvalho, preto e careca, Filomeno parecia, de longe, uma bola 7 que vinha pelas ruas. Completava a imagem o cavalo que Hans lhe destinou, um alazão com mais de 1,70 m de altura. Valente como ele só, patrulhava solitário à noite, com o alazão e um porrete feito de goiabeira. Não tinha lugar que não patrulhasse.

Filomeno só tinha um problema: tinha um jeitinho meio estranho; a pestana enorme se mexia nervosa, a calça era apertada no glúteo e ele andava rebolando, como se os joelhos fossem amarrados um ao outro, passava uma ideia um pouco aviadada. Nas folgas, ia para a capital, onde era frequentador do Teatro Municipal. Sabia cada ópera de cor, e as cantava no banheiro com um vozeirão de dar água na boca. Era um tenor, isso sim.

Fora isso, era educado, muito educado, jamais levantava a voz, mesmo quando era chamado de Filó na escuridão da noite. Um dia, em Santa Bárbara, estava de serviço, altas horas da noite; poucos cabarés estavam abertos, e uns poucos bebuns se arrastavam pela Rua da Lama. De repente, de um bar com poucos fregueses ainda lúcidos, uma voz fina gritou:

— Ô, Filó, ô Filozinho, vem cá me dar um beijinho — e o brincante escondeu-se sob a mesa.

Sem perder a calma, o Sargento Filomeno entrou no bar sem se apear do alazão. Sentado à mesa estava o filho do prefeito, que se escangalhava de rir, fazendo troça com o cavalariano. Filó não se fez de rogado. Apertou a espora na ilharga do cavalão, que, sem titubeio, meteu as duas patas traseiras na mesa e, com uma patada monumental, derrubou os arruaceiros. Aí, sim, o sargentão desceu do cavalo. Passou a mão no porrete de policial, desancou de porrada o filho do prefeito e, de sobra, mais dois amigos que se riam.

— Agora vê se entende que não existe meganha viado — alertou o Filomeno, com o porrete enfiado no nariz do rebento do prefeito.

Claro que isso, em outros lugares, daria uma baita confusão, mas em Santa Bárbara não deu em nada. O grande comandante Sturm segurava a barra, pois entendia como ninguém essas reações, que seriam também as suas. Por essas e outras, era amado pela tropa.

Uma vez construída a sede provisória, como determinado, e montada a estrutura do núcleo inicial, Hans enviou ao Comando Geral um minucioso relatório descritivo de tudo o que fizera e encontrara, e deu por encerrada a sua missão. Deixou lá os oficiais que trouxera com ele e retornou à sua velha casa. Passou um ano e quatro meses na roça, e boa parte desse tempo gastou em longas conversas com o novo amigo cabo, que finalmente convenceu a acompanhá-lo. Teve que seduzi-lo com argumentos irrecusáveis, mas nem precisava tanto.

Epa gostava muito daquela roça, mas estava na hora de mudar de ares, e havia tempo nutria a vontade de mudança. Com Hans aprendeu a gostar dos cavalos e, se já o admirava desde a lama que jogara no panamá do prefeito, agora sentia que teria um porto seguro ao lado desse coronel corajoso e amigo. Nem pestanejou quando este o requisitou para a cavalaria, e o mesmo aconteceu com o Sargentão Filomeno.

17. O retorno às baias

Hans Sturm retornou às suas baias e seus cavalos. Epa ambientou-se tão bem na cavalaria que três anos se passaram sem que ele nem percebesse, desde que viera trabalhar com Hans. A única coisa que perturbava sua paz era saber que a saúde de seu coronel, de quem passou a ser ajudante de ordens, motorista e confidente, estava enfraquecendo.

O velho Coronel Hans estava mesmo ficando velho, e pior, doente. Depois que a jovem mulher o abandonou, trocando-o por um turco professor de tênis, sua vida acabou, a marafa era sua parceira de toda hora, como o novo amigo Epa. A farda e as botas de cromo ficaram surradas, e ele, antigo vaidoso, não se importava mais com o mau aspecto.

Nada era novo para ele, só a cachaça guardada embaixo da mesa, que, a cada gole, dava vida nova ao velho comandante. E, se nada parecia poder piorar, complicou mais ainda quando ele se enrabichou pela Sílvia Malagueta, uma moça nova na vida, mas velha na idade, uma destrambelhada, de boca suja, que não podia acompanhar o comandante no dia a dia.

Às vezes, não raro, ele se sentava na varanda do Batalhão e mandava o Epa jogar um balde de água com gelo sobre sua cabeça. Tentava voltar à sanidade. Quando ficava bom, voltava para a "mardita" e a cabeça inchava novamente.

Na verdade, houve uma coisa que não mudou: a liderança que tinha sobre sua tropa. Apesar de tudo, não se tornou motivo de chacota. Cada homem daquele batalhão o seguiria ao meio do inferno sem pedir nada em troca. E um desses homens, chegado há pouco, menos de um ano, logo que saiu da escola, era o recém promovido a segundo-tenente Frederico Rinaldi.

Fred conviveu pouco com o velho militar, mas essa pouca convivência o acompanhou por toda a vida. Gostaria de ter vivido anos sob suas ordens. O que Sturm tinha de grosso e desastrado, compensava em aulas de bondade e esperteza para seus comandados. O coronel morreu líder, encharcado de álcool, sentado na varanda do Batalhão, como se visse seu navio afundar. A seu enterro, com todas as honras, só compareceram os companheiros de farda, que derramaram uma última lágrima no toque de silêncio.

Hans foi substituído pelo Tenente-Coronel Cid Oliveira, ainda um rapazola, que às vistas do coronel não valia nada; mas, bom de hipismo, foi promovido às pressas para ser o segundo no comando. Cid era querido na tropa, um homem justo, que não se rendia à politicalha. À noite, depois do serviço e do banho de estilo, besuntava o cabelo com brilhantina e o penteava para trás com esmero. Vestia uma calça pregueada de boca estreita, as meias de lã eram esticadas e entravam em um sapato de duas cores, marrom e branco, polido feito um espelho. A camisa de linho tinha o acabamento de uma gravata estampada, que variava a cor de acordo com o humor do coronel. Para completar a fatiota, um chapéu panamá era colocado *a la* Gardel, de banda, com a aba sobre os olhos. Ia, então, para os cabarés da capital, onde tinha uma teúda e manteúda, seu par constante nas tábuas do salão.

Era um pé de valsa. Não bebia, fumava pouco; só dançava, e bem. Fora o tipo exótico da noite, não tinha expressão, não tinha história para os netos. Era um homem honesto, justo e bom dançarino, só isso. Depois do comando, desapareceu no mundo.

18. No Comando Geral

Fred estava tão imerso em seus pensamentos e lembran-ças que a viagem lhe pareceu rápida. Interrompeu suas elucubrações sobre o passado quando o cabo estava pa-rando o carro na Guarda do CG. Epa levou o carro até perto da escada do gabinete do comando e estacionou. Foi almoçar, enquanto Fred subia despreocupadamente para o encontro marcado.

A secretária anunciou sua chegada. O coman-dante geral estava dando uma entrevista e Fred esperou apenas cerca de uns 10 minutos. Foi convidado a entrar e recebido pelo Comandante do Policiamento do Interior, Coronel PM Rocha, e pelo Coronel de Exército Madurei-ra, Comandante Geral. Naquele tempo os comandantes gerais vinham designados do Exército.

— Fred, como vai?

— Bem, comandante. Vim o mais rápido que foi possível.

— Você pontual como sempre, Fred.

— Como vai, Coronel Rocha?

— Bem, Fred. E como vai Santos?

— Os senhores têm tido notícias boas ou más? — finalmente Fred foi ao assunto.

— Fred, olhe. Você tem feito umas ações em Santos que alguns classificam como muito ruins. Os políticos estão em polvorosa. Estamos sendo metralhados, e o Secretário de Segurança tem me relatado algumas queixas — disse o comandante.

Fred continuou calado. Imediatamente, o chefe do C.P.I. continuou:

— Fred, você não faz ideia da quantidade de reclamações. Prefeito, vereadores, uma porrada de telefonemas de deputados. Até de Brasília os caras estão chiando.

— Comandante, olhe... — Fred não conseguiu continuar.

— Fred, não precisa falar nada. Nós sabemos com detalhes de tudo o que aconteceu — interrompeu o comandante.

— Então, qual foi a maior razão das queixas?

— Fred, no episódio do canavial as queixas foram mais municipais. Mas você não tem ideia da quantidade de elogios que recebemos dos usineiros e das Associações de empresas alcooleiras e açucareiras. Você foi brilhante. Mas desta vez, a barra pesou. Mobilizaram todas as autoridades políticas. Os caras estão gritando de todos os lados, mas se te chamamos, não foi pra te criticar não, seu danado. Foi pra te dizer que estamos cagando para as críticas e pedidos de te transferir.

— Chefe, o senhor chegou a me assustar.

— Meu, você foi o maior. Te chamamos pra te

perguntar como conseguiu tanto apoio e tanto elogio, dos generais e dos cardeais ao mesmo tempo?

— Verdade, chefe? Até os cardeais?

— Fred, que se danem os braços quebrados e os galos dos foliões. Tem uma porrada de políticos pedindo mudanças no comando, mas esses caras não mandam na gente. Quem manda é o Exército. O Secretário de Segurança é um general, e o governador, colocado lá no palácio pela revolução, é da Arena, por isso vem deles a música agradável aos nossos ouvidos. O governador, mesmo que queira dar ouvidos aos políticos que têm alguma influência em Santos, só mexe em nossa estrutura com respaldo do Alto Comando. Isso, meu amigo, não tá dando pé. Acho que alguns generais de pijama são da TFP e amigos do bispo, que anda enchendo a tua bola. Até o Plínio Correa me ligou! Como você conseguiu mexer tanto com aquela pequena cidade? Dizem que o bispo Cardoso pediu ao Cardeal Arcebispo para fazer o elogio que recebemos por escrito. Olha só! — disse o Comandante, mostrando o documento com o timbre da Arquidiocese.

Fred leu rapidamente a carta e sorriu. Agora tinha o famigerado da TFP na palma da mão.

— Vamos almoçar, Fred. Você deve estar cansado. Depois você nos conta as operações em detalhes, tá legal?

19. A volta a Santos

Fred voltou alegre. Dessa vez não veio pensando no passado e nos "causos" antigos, mas sim, batendo um longo papo com Epa, puxando por histórias que ele tinha pra contar e curtindo o linguajar roceiro nordestino, misturado a algumas expressões diferentes do dialeto caipiracicabano. Piracicaba tinha fama de ser a fonte e a origem do sotaque e das expressões usadas pelos roceiros do interior paulista.

No início da viagem o major ainda estava pensativo. O Cabo Epa, seu fiel motorista, estava querendo saber o que se passava dentro da cachola do comandante.

— E aí, chefe, que se passa na cachola? Tá pensando em quê? — inquiriu Epa.

— Novas funções, novas responsabilidades, novos temores — respondeu Fred.

— Não se priorcupe, o sinhô teve boa escola, vai se dá bem, eu agaranto — disse o amigo Epa, empurrando o comandante para frente como sempre fazia.

A estrada estava verde das chuvas de verão. Longe, bem longe, o gado branco pastava, sem dar conta do mundo. O carro roncava baixo, o que geralmente dava sonolência a Fred, mas não desta vez.

— Coisa complicada, essa de ser policial... e pior é ser comandante. Tudo não passa de interesse pessoal. O bispo quer, o juiz quer, o prefeito, o comandante geral, sua mulher, seus filhos, todos querem alguma coisa. O resto que se dane, o bem-estar comum que se dane. Ficamos girando em torno do poder maior — Fred comentou, falando baixo.

— Azá o deles, chefe, faz sua parte que já tá bom — respondeu Epa.

— Epa, você se lembra do Recruta Vitorino, aquele da Favela do Caniço? — perguntou Fred, tentando voltar ao passado, procurando algum momento em que teria errado.

— Claro, fui eu que arregimentei ele — respondeu Epa sorrindo, com orgulho da convocação.

— Então me conta o que houve — pediu o comandante.

— As noites de inverno são fria na favela lá perto do Campo de Marte, Majó. Os telhado de zinco perde logo o calor do dia. Não se sabe o que é pior, inverno ou verão. No inverno congela e no verão cozinha. O Vitorino vinha fugido do Acre, onde tinha matado o patrão no garimpo. Foi briga por bagaço de ouro, Majó. Num era um vitorioso, como dizia o nome dele. Era um subrevivente. Junto vinha a família, muié e três bacorinho. Era um estirão até Sum Paulo. Carroça, pau-de-arara, carona e, pur fim, um ônibus de segunda inté a terra do futuro. Buscavam imprego, quarqué imprego, ele e a muié. Esperavam dias miores onde os fio tivesse futuro. Futuro que num teria no norte.

Epa gostava de contar os causos para Fred. Ele era bom de ouvir. Continuou contando que a chegada da família do Vitorino tinha sido complicada, o pouco dinheiro tinha acabado antes do meio do caminho. Viveram de esmola de almas caridosas, que dividiam o pouco que tinham.

Não foi difícil encontrar morada na favela do Caniço. Conseguiu trabalho relativamente perto do Regimento, tinha que atravessar a Marginal Tietê e pegar a Avenida Tiradentes até a Luz numa velha bicicleta. De dia, Vitorino trabalhava virando massa em obras. A parceira de infortúnio cuidava dos moleques e lavava roupa. Vida insana. De madrugada o Vitorino vinha, antes do trabalho, para a fila do Choque. Na porta do grande portão de ferro, esperava a boa vontade. Até hoje o que sobra da comida do rancho é dividido com o povo de rua. Sem aquela comida, ficariam sem jantar, e esse o Vitorino só levava ao voltar pra casa, depois do trabalho. O dinheiro só dava para o almoço. Mesmo assim era melhor que no norte, onde a razão era resolvida na ponta de uma faca.

Numa madrugada, o Cabo Epa era o Comandante da Guarda, responsável pela distribuição da comidaria. Eram só lamentos de fome entre todos os pedintes.

— Tá cum fome, caboclo? Quantos são na sua casa? — perguntou Epa para Vitorino.

— Comigo, cinco e mais um pulguento — respondeu.

— Leva pra seis para sobrá pra amanhã. Vai cum Deus. Amanhã vorta bem cedo que vou te arranjar emprego mió — prometeu Epa, sorridente, porque, para cada arregimentado, era uma semana de folga.

Isso é que era "pegar no laço". Os meganhas se davam bem quando conseguiam mais um para a Corporação, que, naquela época, passava por problemas de efetivo. Valia de tudo, desde bebuns até os que nem o próprio nome assinavam.

Assim foi feito, e às cinco em ponto lá estava o Vitorino. Às sete, depois do café da manhã, já estava fardado e sentado no caminhão onde, junto com outros trinta, foi para a Escola de Praças. Agora era um "Soldado da Puliça" — com direito a médico, respeito e dinheiro, pouco, porém mais do que já havia visto. Já fazia planos para a família, um puxadinho ali, outro aqui, uma roupa nova para a parceira, água de cheiro para temperar as noites de prazer, um brinquedo pra molecada, enfim, a vida iria melhor.

Foram seis meses de escola de recruta, poucas idas em casa, o suficiente para levar dinheiro e chamegar a parceira, e formatura, enfim. Designação de unidade. Farda nova, pronto para o novo trabalho. Agora era "Autoridade".

Passeou pela Tiradentes, atravessou a Marginal, passou pelo campo de aviação, fardado e feliz. Era respeitado, era um PM da cavalaria. Farda cáqui e talabarte, baioneta, culote e perneira. Ria como criança. Estava feliz, enfim. E Epa concluiu:

— Num passou do largo da igreja, Majó. Um muleque, qui num era maió qui seu fio mais veio, lhe furou o bucho. Saiu de trás dum barraco e, faca em punho, enfiou a lambideira logo pur cima d'umbigo, torceu, e limpou o sangue na farda, antes mermo do Vitorino cair no chão. Vitorino, com os oio arregaiado, perguntou: "Por quê?"

"Na nossa área num mora meganha", respondeu o muleque, que mal aguentava um cascudo. Queria a fama de matar meganha. No dia seguinte teve sorte igual. Apareceu furado na lixeira. Foi pur ordi do dono da boca, que, bem ou mal, gostava de Vitorino.

— E aí, o que aconteceu depois? — perguntou Fred, achando que não deveria ter perguntado.

— Adispois, chefe, ninguém sabe o qui houve inxatamente, e é bom nois num perguntá. Eu sei que todo mundo gostava mutio do Vitorino. Cada dia a justiça divina matava um, inté somá trinta e três, a idade de Jesus. Nosso trabaio, dispois, era só recolher pro exame e mandá enterrá — sombrio, o Cabo Epa encerrou o assunto.

20. Novo ano letivo

Março chegou rápido, e com ele as aulas, logo após o carnaval.

Realmente as previsões de Fred se concretizaram. O bispo fez a tal revisão de prova solicitada, chegou à conclusão de que houvera engano na nota e o aprovou. O segundo ano começava bem.

Dom Cardoso não virou um cara carinhoso com ele, até mesmo porque não era assim com ninguém, mas, nitidamente, as hostilidades tinham acabado. Os novos tempos se revelaram muito melhores.

A loura Marina sempre se encontrava com ele no apartamento que dividia com a colega safadinha. Pelas entradas que dava, Fred logo viu que a morena queria entrar na brincadeira. Já andava desconfiado das duas. Havia ali uma cumplicidade tão grande, que ele quase tinha certeza de que rolava algo mais que a simples divisão de apartamento. A coisa não foi além desses papos, pois Fred percebeu que se Marina gostava de algo com a amiga, era sem a presença dele. Queria, nitidamente, ficar sozinha com ele. Enquanto a garota escancarava, parece que era ela que Marina queria só pra si, não ele. Fred percebia que o ciúme era da amiga, não dele. Era uma coisa muito esquisita e, aos poucos, ele foi tirando o time.

Por outro lado, a emenda andava melhor que o soneto: Norma, a razão primeira do curso, de que só agora estava começando a gostar, começou a dar bola pra ele. Fred percebeu que o louro motorista não vinha mais dando as tais "aulas de direção". Só que, com ela, a coisa era mais complicada. Eles não tinham onde se encontrar, motel ainda era inexistente naquelas bandas. Aí começaram a bolar alguns planos, que só podiam se concretizar em poucos finais de semana. Ela inventava umas viagens a São Paulo pra ficar com uma prima, e ele uns chamados urgentes ao Comando Geral. Claro, a coisa funcionava azeitadinha e sem ninguém desconfiar, umas duas vezes por mês, mas tinham que dar uns intervalos. Não podia virar rotina. Apenas Cantareira tinha que saber das armações.

O curso passou a ser uma beleza. Susan que se danasse. Ele não tinha mais esperanças de vê-la voltar ao normal. Mas tinha que esperar pelo tratamento, que julgava não ser possível no interior. Até que havia por lá um psiquiatra particular; Fred, porém, queria enviá--la para a capital, para um médico do HPM. Ligou para hospital e surgiu o problema: não tinha especialista em psiquiatria. Na mesma hora surgiu também a solução: com um laudo de diagnóstico e indicação do tratamento, seria reembolsado. Pensava que o tratamento particular sairia muito caro para os padrões de um major da

PM, mas o reembolso poderia aliviar, não toda a despesa, porque era sempre pela tabela. Melhor ainda foi que Irmã Augusta, destinatária de algumas confidências — não todas —, tinha amizade com o psiquiatra da cidade e conseguiu com ele um bom desconto.

Fred, então, autorizou o tratamento. Pediu à amiga para apresentá-lo e explicou ao médico os problemas que vinha tendo em seu relacionamento, as crises de Susan. Marcou a primeira consulta e saiu de cena. Apenas pediu ao médico que quando tivesse um diagnóstico desse a ele o laudo de que necessitava.

21. As reuniões no CG

As coisas estavam claras na faculdade. Fred administrava bem as aulas e as novas matérias, o estudo e os casos com as colegas. Isso tudo era fácil para o nosso major. Ele sempre conseguia dar conta de várias coisas ao mesmo tempo, e ainda por cima, espertamente, concatenava as idas ao CG para as reuniões conjuntas dos comandantes de unidades com os finais de semana combinados com Norma.

Numa dessas viagens, o Diretor Geral de Ensino, Coronel Barbosa, professor de Fred no CFA, o abordou com um assunto que o preocupava: a publicação, finalmente, de um concurso para oficiais médicos da corporação. Barbosa queria que Fred o ajudasse na preparação do concurso.

— Coronel, sinto-me lisonjeado com a escolha, mas tenho ainda muito a fazer em Santos, tem o tratamento de minha mulher com um médico local, e faltam ainda dois anos na faculdade.

— Fred, você foi meu melhor aluno, tem também experiência como professor, está cursando Pedagogia, coisa única na corporação. Entre os mais antigos, não temos ninguém saído do CFA. Você foi da primeira turma. É jovem, tem cabeça fresca, enquanto eu tenho mil outros assuntos pra me preocupar — disse o diretor. E continuou: — Olhe, não estou pedindo pra você deixar Santos, embora um dia isso vá acontecer. Saiba que você será minha indicação para assumir a DGE, quando eu me reformar. Este é meu último cargo.

— Coronel, não sei como agradecer a sua confiança, mas como vou fazer isso sem deixar o comando de Santos?

— É simples. O Concurso só será realizado no início do segundo semestre. Do que preciso é que você organize a estrutura, escolha os chefes de bancas examinadoras e venha aqui na época das provas.

— Posso então continuar em Santos?

— Por mim, já garanti ao Comandante Geral que, como confio muito em você, sei que conseguirá fazer a coisa funcionar no tempo certo sem ter problemas com o Comando em Santos. É claro que, de vez em quando, você terá que vir aqui, para algumas providências.

— Sendo assim, chefe, se o Comandante permitir, pode contar comigo.

Sendo assim, Fred passou a cumprir, então, uma rotina adequada para após as reuniões na capital. Sexta à tarde ele deixava o CG e partia correndo pra pegar Norma na casa dos tios, que moravam na esquina da rua das Avencas com a rua das Tuias, no Morumbi. O encontro era sempre a duas quadras dali. Para não dar bandeira, Epa o deixava no local do encontro e seguia com a viatura para guardá-la no Regimento, onde dormia no alojamento dos praças. Matava a saudade dos alazões e dos amigos e, à noite, ia às putas. Adorava as viagens de seu chefe e confidente à capital.

Fred e Norma curtiam um filme, porque ela adorava um namorinho com ele, coisa impossível em Santos. Eram momentos de que Fred gostava muito, porque já não havia namoro com Susan há muito tempo. Saíam com os lábios rubros de tanta esfregação, Fred cheirando os dois dedos da mão direita que davam tanto prazer à sua gata no escurinho do cinema. Muitas vezes o restaurante de que mais gostavam era esquecido, e iam direto para um hotel 3 estrelas que Fred reservava, no centro mesmo. Claro que sendo as viagens a serviço, a hospedagem estava garantida, era sempre reembolsada. Fred não tinha grandes receios de encontrar alguma das mulheres de seus colegas, que poderiam provocar fofoca; e, para falar a verdade, as coisas iam tão mal com Susan que já não se preocupava tanto com isso. Sentiam-se à vontade no centro de São Paulo. Norma, obviamente, tinha que passar algumas horas com os primos; por isso, inventava uma desculpa qualquer para dormir fora e voltava sábado de manhã, antes de correr de novo para o hotel de Fred naquela mesma tarde. Domingo voltavam juntos a Santos. Norma ia para a rodoviária, se despedia dos tios e primos, e, logo que eles saíam, entrava no carro onde o Cabo Epa a aguardava, cioso de suas funções.

As coisas se encaixavam bem. As aulas não atrapalhavam o trabalho, Cantareira segurava a barra do quartel quando Fred ficava estudando e quando viajava. Uma das grandes qualidades do major era saber planejar as coisas e designar funções. Eram fundamentais a estrutura de seu quartel e a boa vontade que sempre obtinha de seus oficiais, que viam no jovem major um colega próximo, mas que ao mesmo tempo conseguia o seu respeito e admiração.

Eram novos tempos em Santos. Transcorria bem o segundo ano. Fred, agora, tinha mais uma incumbência, e, por incrível que pareça, conseguiu o apoio até do bispo durão. Quando achou que estava com o projeto do concurso pronto, a liberdade conquistada com o agora agradecido professor foi suficiente para que pedisse a ele que desse uma olhada nos seus planos. O religioso, mestre na arte de preparo de concursos, elogiou seu planejamento e contribuiu com algumas sugestões que foram fundamentais para a aprovação do projeto.

Fred, então, marcou outra de suas reuniões com o Diretor de Ensino para uma sexta-feira no final de maio. Claro que as datas eram pensadas também com Norma, para não encontrá-la na data mensal desagradável para as mulheres. Seu projeto foi aprovado integralmente; Fred ganhou novamente elogios dos superiores, e, mais uma vez, a assertiva de que seria o indicado para a DGE.

A PM deu andamento ao concurso e 20 novos oficiais médicos e dentistas foram incorporados no ano seguinte, em 1969.

22. Os comunas

A vida seguia normal em Santos, exceto pelas obras que Fred precisou fazer para aumentar a área de reclusão. Volta e meia, mais um preso político era encaminhado para ser "guardado" em seu quartel. Todas as unidades estavam abarrotadas daquela gente nos idos de 1968.

Com a tomada de poder pelos militares na década de 1960, o povo bateu palmas. Muitos estavam descontentes com os rumos do Brasil. Naquela época, não havia escolha, era o preto ou o branco, os EUA ou a URSS. O Brasil, maior país da América do Sul, era palco da disputa política da guerra fria. Para os EUA, não poderíamos escolher o lado, era uma escolha decidida e preparada pelo maior e melhor produtor de propaganda do mundo. E assim caminhamos lado a lado com a grande potência americana, como, aliás, já fizéramos na 2ª Guerra, apesar da malandragem de Getúlio, que esperou até o último momento para ver quem seria o vencedor.

Passada a euforia típica do brasileiro — era a fase do grande milagre —, vieram os atos institucionais. Tínhamos leis que davam legitimidade aos civis e militares que se sentassem no poder, mas alguns rebelados, poucos, mas ativos, se organizaram e partiram para o confronto.

O Comando Geral, cúpula máxima da Corporação, era gerador de ordens e, por imposição legal, subordinado às Forças Armadas. Era conveniente a fachada repressora, alguém tinha que ser culpado pela preservação e manutenção da "ordem institucional" — o boi de piranha.

Alguns na PM juntaram as trouxas e se bandearam para o lado repressor, se mudaram de mala e cuia. Motivados por nacionalismos desregrados, passaram para a ilegalidade, igualando-se aos outros que criticavam: respondiam bomba com bomba, morte com morte. Os fins justificavam os meios; afinal, o Brasil seria o país do futuro.

Imerso nesse turbilhão de fanatismos estava Fred. Os dias seguiam iguais e, no seu gabinete, insone, rastreava os confrontos, sem entender os rumos da democracia, aquela democracia que aprendera na Escola de Formação de Oficias. Onde estava o direito de pensar? Por que proibir e queimar livros? Por que prender sem culpa formada, jogar pessoas que discordavam no fundo dos calabouços? Por que a PM tinha ido parar nisso, e, por que alguns idiotas apoiavam as ordens, sem questionar? Seria medo, ou simples prazer de impor a condição de "autoridade"?

Para a sorte de Fred, muitos questionavam o poder do momento; muitos pensavam, se reuniam e discutiam o futuro, da PM e da sociedade, quando tudo aquilo fosse história. Ele sabia que um dia tudo acabaria, e sobraria para a PM o peso da fama repressora; sabia que tinha que haver um culpado pelas loucuras para que a força maior fosse preservada.

Os pensamentos legalistas de Fred e seu grupo, todos de cavalaria — a arma nobre e ligeira —, chegou rápido aos ouvidos dos estúpidos. Os que pensavam igual se calaram por medo. E uns poucos idiotas se vangloriaram da denúncia feita aos órgãos de informação. O que deveriam fazer com Fred e seu grupo? Fácil: mandar o Choque, a Cavalaria e os quartéis comandados por esses pensadores tomarem conta dos "comunas" que estavam presos. Quando houvesse uma manifestação, mandá-los para uma avenida qualquer, onde deveriam formar uma linha de cavalaria e reprimir na porrada. Se não cumprissem, cadeia, se cumprissem, o futuro os julgaria.

Numa quarta-feira de um mês qualquer, nove horas da manhã, tropa e cavalaria formadas em Santos, Fred se lembrou de Sturm e do Epa. Era uma enrascada, e tinha que haver uma saída para a sua sorte. O que faria Hans Sturm naquela posição? Ficaria entre a corda e a caçamba, sem perder a dignidade, porém sobrevivendo, cínico como sempre fora? Difícil! E assim passavam os dias. A carceragem estava cheia, repleta de gente cuja única culpa era pensar, acreditar que a idade das trevas acabaria em breve.

— É incrível como um país deste tamanho, com tanta gente, é conduzido como boi para o cercado — pensava diariamente, e cantarolava o hino da cavalaria: "Cavalaria, Cavalaria/ Tu és na guerra a nossa estrela-guia/ Montado sobre o dorso deste amigo, o cavalo..."

Num dia de verão, quente como a boca do inferno, Fred se cansou da inatividade. O cárcere estava cheio, um cheiro de azedo saía daquele caldeirão. Os detentos se acumulavam nas portas, onde um vento raro passava vez em quando. Não eram criminosos, eram azarados, porque carregavam nas costas a abnegação do pensamento. Se fossem criminosos, estariam em um presídio do Estado, não ali no quartel. Ali, era castigo para calar a boca.

Era véspera de Natal. Fred mandou abrir as celas.

— Sai todo mundo e senta no chão. Epa, traz a mangueira de incêndio para resfriar esse pessoal. Depois manda todo mundo ficar à vontade no pátio, pegando sol, para tirar as pragas da pele — ordem dada e cumprida de imediato.

— Vai dar merda, comandante — retrucou Epa, após cumprir com prazer a ordem do comando.

À noite os presos tomaram banho, vestiram roupas limpas e, um a um, foram para o rancho dos Praças. Cearam todos juntos, cantaram um "dingobel" arretado e alegre. Comeram até se empanturrar, beberam refresco e falaram bastante, falaram de amor, de mulheres, de filhos e alegrias, choraram mágoas. Tudo, menos política.

No dia seguinte, a festa foi maior: foram levados para a quadra de futebol de salão e receberam as famílias, passaram o dia se vendo e se tocando — sem política, sem discurso e sem medo. No final do dia, o Comandante Fred abraçou cada um e desejou um ano melhor. Pediu desculpas por ter que acabar a festa e pediu que cada um voltasse para seu xadrez. As famílias foram embora. As luzes se apagaram e o quartel ficou na penumbra.

Os poucos dias que se seguiram mudaram a rotina. De manhã havia ginástica para os presos, até para os mais velhos. Meio-dia era almoço no rancho, e à tarde banho de sol. À noite, rancho, e as luzes acesas até as dez horas para que pudessem ler. Os livros, claro que os permitidos, foram entregues aos presos — era, dentro do possível, uma vida suportável, que durou dez dias exatos.

Fred foi chamado ao QG, onde um "doutor" de terno passou a questionar as atitudes do Comandante, com frases de efeito como "O Sr. também é comuna? Gosta mais deles do que do Brasil?"

Fred a tudo ouvia calado, sem emoção. O pior era que nem sabia quem o inquiria. Lá pelas tantas se lembrou do velho Sturm. Levantou-se lentamente da cadeira estofada e disse:

— Quando a senhora sua mãe for visitar meu quartel vou dar mais prazer a ela do que dou aos meus presos. Vai para a puta que o pariu — elegantemente se levantou, sorriu, deu boa-tarde ao inquisidor e foi embora.

Não perdeu o comando porque já tinha adquirido muito prestígio com o Comandante Geral e, mais uma vez, os antigos generais reformados da TFP e amigos do bispo revolucionário se intrometeram. Tudo voltou a ser como era antes.

Anos mais tarde, quando a loucura havia acabado e o país tomava um rumo estabanado, Fred encontrou seu inquiridor na Avenida São João. Não se fez de rogado:

— Se lembra de mim? E a senhora sua mãe, como vai? Ainda é uma putana sem vergonha?

O joão-ninguém desapareceu na multidão. Agora não eram mais caçador e caça, o outro não tinha poder. Aliás, grande poder nunca tivera, era um sargento fanfarrão do Exército, chamado de "doutor" por muitos coronéis.

23. Os últimos anos em Santos

O ano de 1970 chegou e, finalmente, Fred cursava o último ano do curso de Pedagogia. Tocava a vida dando a mesma regalia aos presos do regime, suportando o clima doméstico, acompanhando o tratamento de Susan, agindo com a mesma precisão e inteligência nos casos policiais, frequentando as aulas, viajando para reuniões no CG e para os braços da herdeira do usineiro. As viagens agora eram menos frequentes. Tinha percebido que, para a garota, era a mesma coisa que ela para ele: uma gostosa aventura.

Norma, decididamente, adorava as viagens e a cama com Fred, mas deixara bem claro que seu destino era bem diferente do dele. Fred, por sua vez, achava isso muito bom, e aproveitava enquanto era possível. Também sentia que ainda não tinha esbarrado com a mulher de sua vida. Por outro lado, tinha conquistado a liberdade de, quando lhe aprouvesse, sair com quem quisesse, sem que isso impedisse os programas com Norma em São Paulo. Queria curtir essa situação enquanto fosse possível, e assim levou as coisas até a formatura.

Foi o orador da turma, e Dom Cardoso, o paraninfo. Terminava muito bem o encontro do aluno com o professor, tempestuoso a princípio. Continuava cordial a relação das duas maiores autoridades de Santos, a religiosa e a militar. Naqueles tempos, a autoridade dos políticos era limitada pelos galões, e, em Santos, também pelas batinas. Fred acabou por estabelecer uma parceria com o prelado que lhe rendeu ótimos frutos na profissão, enquanto comandou a Polícia Militar em Santos.

Susan não curtiu a formatura do marido, mas as gostosas da sala, a loura Marina e sua safada companheira, fizeram a festa. A noite nababesca que promoveram, no dia seguinte à colação de grau, foi a maior surpresa para Fred. Norma também veio, e, inesperadamente, confessou a Fred que só tinha decidido dormir com ele porque suas amigas Marina e Márcia — a morena safadinha — tinham feito a maior propaganda.

Na hora dessa confissão estavam apenas os quatro na cozinha, buscando salgados e bebidas para os colegas que lotavam o apartamento. E a confidência foi feita de tal forma que uma cumplicidade sensual formou-se imediatamente; de volta à sala, sem combinarem nada, começaram a fingir e disfarçar muito bem, de jeito que ninguém percebeu. Fred, dessa vez, sentia-se tão bem, ainda por cima depois de alguns uísques, que foi levando a festa sem pressa. Passava de duas horas quando todos se foram, e Fred, claro, ficou.

Daí para frente, até amanhecer o dia, Fred se viu entre as gatas, e elas pareciam gatas no cio em cima do telhado de zinco. Assistiu a coisas que nunca tinha assistido e, ao contrário do que pensava, não se chocou. Tinha desenvolvido com Norma uma intimidade sem limites, mas não poderia imaginar que ela toparia tudo o que as duas lindas descaradas tinham programado, isto é, até certo ponto. Dali para frente foi só instinto, sensações que ele apenas imaginara, mas nunca tinha vivido, nem em seus tempos do puteiro que ficava a cinco quadras do Regimento de Cavalaria, que conhecera por indicação do Cabo Ephaminondas, nem ali Fred tinha juntado três com ele num quarto. Havia quem fizesse esse tipo de programa, mas, caro como era, e duro como era o segundo-tenente naquela época, ele nunca nem se atrevera. Até mesmo porque lá tinha escolhido uma loura, nome de guerra Samanta, e se fixado nela. Ligava para o gerente, agendava, e quando lá chegava a loura o estava esperando.

O dia seguinte era um sábado. Fred acordou no apartamento e deparou-se com a bagunça em que este tinha se transformado. As três dormiam profundamente. A vida militar tinha gravado nele o habito de levantar cedo, mas cedo para ele, naquela manhã, era dez e trinta. Como tinha comunicado em casa sua urgente ida a São Paulo, ninguém o esperava. Sentiu-se aliviado quando se lembrou desse detalhe.

Começou a limpar a sala e a cozinha e a colocar tudo em seus lugares. Sempre se sentira mal em ambientes sujos e desarrumados. Como elas ainda dormiam, aprontou um almoço surpresa e deixou a mesa com tudo em seu lugar. Aí começou a recordar o que tinha acontecido. Como era possível que tivesse deixado Marina por preconceito, quando descobriu sua relação com a morena Márcia? Se soubesse como era bom assistir às duas e ainda participar da brincadeira, teria ficado. Por outro lado, era até melhor que tivesse acontecido assim.

Pelo menos peguei a Norma. A safada se dava bem com as duas e eu não sabia... Tinham combinado tudo! As duas sabiam de tudo que eu fazia com Norma — pensava Fred. — É, foi melhor assim. Agora vou poder pegar cada uma delas sem precisar esconder das outras.

O restante do sábado Fred ficou com as duas colegas de apartamento. Norma voltou para casa. No domingo, Epa veio buscar o chefe e o levou ao quartel para fazer de conta que voltava de São Paulo. Só Epa sabia que o major tinha passado o final de semana em Santos, mas era tudo. Fred não teve coragem de contar o que tinha acontecido. Deixou Epa pensar que tivera um encontro prolongado com Norma num lugar que conseguira ali pertinho.

24. O PEDAGOGO

Após a formatura, a vida prosseguiu da mesma maneira. O tempo passava rápido, o governo Médici, a Copa de 1970, a euforia do Brasil grande, o grande engodo do milagre brasileiro. Fred conseguiu ficar seis anos em Santos. As crianças cresciam; Susan continuava com o mesmo médico, que há muito já dera o diagnóstico, e Fred há muito tempo conseguia os necessários reembolsos.

O ano de 1972 chegou rápido e, com ele, o final da era Fred Rinaldi em Santos. Foi promovido a tenente-coronel e, finalmente, como esperado, assumiu a Diretoria Geral de Ensino. Agora Fred reconhecia o quanto tinha sido bom o curso em Santos. Seu destino começara a ser traçado no dia daquela paquera, e a faculdade, surgida em seu caminho por acaso, mostrou, finalmente, sua utilidade. Graças a esse diploma, cumpriu-se o desejo do Coronel Barbosa: um pedagogo na DGE, um homem da área, formado em Pedagogia. Não poderia haver melhor escolha.

Só havia um problema: mesmo já tendo sido promovido, Fred seria obrigado a cursar o Curso de Aperfeiçoamento e Ensino Superior, o CAES; outros majores de sua turma estavam também na bica de uma promoção, e isso significava acumular a vida de aluno do CAES com o Comando da DGE, convivendo com professores e alunos que deveriam ser seus subordinados.

Nesse mesmo ano Fred teve que desligar-se de Epa. O velho cabo não tinha mais o que fazer na PM. Seu tempo havia se esgotado, e com ele seu corpo. Queria curtir a aposentadoria na sua terra e, finalmente, como combinado com Fred, pediu a reforma quando o major foi transferido. Fred sentiria a falta de Epa por toda a sua vida militar, e também depois dela. Ficariam em sua lembrança muitos "causos" do amigo, dele e de seus contemporâneos da velha-guarda.

Uma nova Polícia Militar estava começando a surgir na década de 1970 — novos oficiais superiores, substituição nos comandos, um novo hospital e a necessidade de mais oficiais médicos. No mesmo ano, Fred teve que coordenar um novo concurso para oficiais de saúde. Com sua experiência anterior, seria fácil, mas pretendia inovar mais ainda, e pensou numa surpresa para o Comando Geral.

25. O novo concurso

Fred traçou o perfil de cada presidente de Banca para cada especialidade. Quando apresentou o esquema para o Comandante Geral, agora o Gal. Pamplona, um general do Exército que acumulava a Secretaria de Segurança com o Comando da PM, este arregalou os olhos.

— Fred, você pensa conseguir esses medalhões para as bancas? Isso até parece um exame pra professor universitário. Será que eles vão topar?

— Chefe, pense bem. O nível que queremos para nossos novos médicos tem que ser alto. Já conseguimos um nível bom no concurso de 1968, quando assessorei o Cel. Barbosa, mas temos que tentar melhorar mais ainda. Precisamos dos melhores médicos, pra que a gente possa confiar nossa saúde a eles. Chega de ter que procurar médicos fora do HPM, e para isso, o diferencial é o presidente da Banca. Quando os candidatos virem quem terão que enfrentar, só vai se inscrever quem se garante.

Queremos médicos jovens, para durarem muito na corporação, e muito bons. Têm que ser caras que terminaram ótimas residências em cada especialidade.

— Tá legal. Isso é o que queremos, mas como vamos conseguir que esses caras tão ocupados se dediquem ao nosso concurso?

— Minha proposta, chefe, é que ao mandar o ofício para cada um deles, a gente os seduza com alguma honraria muito maior do que um simples diploma. Que seja primeiro feito um convite para uma solenidade, em que serão homenageados pelos grande serviços prestados a oficiais da corporação que devem suas vidas a eles, mesmo que nunca tenham tratado pessoalmente de algum dos nossos. Cada um deles tem um serviço onde muitos médicos residentes trabalham, e os chefes nem sabem quem são os pacientes. Nesses serviços universitários os chefes nunca estão na ponta da linha, mas são sempre os homenageados.

— Então, pegando uma carona na tua ideia, seu malandro, a gente primeiro convida para uma homenagem especial, e canta o governador para entregar uma medalha de Honra ao Mérito qualquer, estadual; só depois, com o cara comovido, convida ele pra presidir uma banca examinadora.

— Isso, Chefe.

— Ideia brilhante.

— E mais, pedimos a ele que apenas bole as perguntas, umas 20, descritivas e bem difíceis, e depois corrija, sem pressa. Fazendo o exame escrito no meio do ano, damos um mês para a correção. Ainda por cima eles têm assistentes pra fazer isso, os chefes de clínica. Nós mesmos aplicamos as provas, e eles não terão trabalho com isso. Deixamos passar mais um mês, e eles fazem o exame oral. Aí só teremos poucos candidatos, pois cada prova será eliminatória. Finalmente, mais um mês, e eles examinam os poucos que sobrarem em uma prova prática.

— Fred, acho que vai dar certo. Mas você realmente pegou pesado. O Dr. Ivo Pitanguy pra presidente da banca de Plástica? E se o cara não puder vir porque vive viajando?

— General, já pesquisei isso. Ele só faz viagens curtas. Opera alguma princesa ou *socialite* e volta correndo. Seu movimento no Rio é muito grande, e ainda tem a Santa Casa. Mas ele tem uma boa estrutura pra dar conta disso, e ainda por cima o nosso prazo será longo. Só precisamos publicar o resultado uns 4 meses depois da prova escrita. No final, chefe, ele só vai ter que assistir umas poucas cirurgias na prova prática.

— Fred, a única coisa que me estimula a aprovar tua ideia é que ela é genial, e deve funcionar se o governador topar uma cerimônia para subornar os medalhões com alguma honraria. As vaidades sempre aparecem, e aí, com eles comovidos... acho que pode dar certo. Vou falar com o governador. Mas, Fred, na tua lista tem os melhores professores de São Paulo, mas tem um do Rio e outro da Bahia.

— Chefe, isso é fácil. São apenas duas passagens e estadias no dia da prova oral. Na escrita eles nem precisam vir a São Paulo, e na prática obrigamos o aluno a ir fazer a prova no serviço do próprio professor, se ele não quiser dar mais um pulinho patrocinado em São Paulo. Tem que investir um pouco, chefe. Não tem verba pro concurso?

— Tem, Fred, e acho que acertei ao aceitar a indicação do teu nome pelo coronel Barbosa. Isso tem tudo pra dar certo. Só tem um problema: como evitar os "peixes"? Sempre tem alguns nadando em volta dos nossos oficiais e dos políticos.

— General, o senhor não me pediu um concurso honesto? Não podemos ter peixadas. E com a escolha rigorosa dos presidentes, isso vai ser quase impossível.

— Você tem razão, de novo. É o que eu quero, e terá que ser o que o governador vai querer também. Não vai ter aquário pra peixes.

26. Aluno e Diretor de Ensino

Na capital, o novo Tenente-Coronel Frederico Rinaldi estava perto de todo mundo que era importante para sua carreira, mas perdeu a tranquilidade da roça, onde era a autoridade maior. Agora, era aluno de novo. Tinha a vantagem da segunda estrela gemada e de comandar a Diretoria de Ensino, o que também lhe dava muito prestígio. Mas tinha a desvantagem de ter muitos olhos em cima dele, e de ter que estudar para ser o melhor: pegava mal, para o Diretor de Ensino, tirar notas baixas, e Fred fazia questão de não provocar comentários. Afinal, paradoxalmente, o diretor do CAES, um coronel mais antigo, era seu subordinado, coisas doidas que só aconteciam com ele — ocupava uma função superior ao do responsável pelo curso em que era aluno. Tinha o respaldo do Comando Geral, porque os cargos de diretoria geral podiam ser ocupados por algum coronel mais moderno, mas no curso fazia questão de ser aluno mesmo, exatamente igual aos outros majores que lá estavam. Nunca misturava as atitudes. Comportava-se como subordinado aos professores, e deixava isso bem claro para eles: deveriam tratá-lo como aluno e ponto final.

Fred nunca tinha se esforçado tanto. Saía do curso às 16h00 e encarava a DGE até as 20 ou 21h00. Claro que, para isso, trouxera de Santos seus auxiliares mais próximos, com quem sempre podia contar. De sua parte, lhes dava boa vida. E só cobrava serviço, nunca horários.

Conseguiu todos os contatos com os professores escolhidos como presidentes de Banca. A solenidade programada foi realizada como ele queria, e os mestres, emocionados, o receberam com carinho nas visitas que lhes fez. Cada um deles acreditou na história de que a PM lhes era muito grata por bons atendimentos prestados à corporação. Toparam tudo que Fred tinha bolado e prepararam as provas escritas, entregues, como ele pediu, na véspera da data do teste, à noite.

Cento e doze candidatos se inscreveram e fizeram a prova escrita para as mais diversas especialidades ainda carentes, entre médicos e dentistas. Eram poucas vagas: as especialidades que tinham mais, total de quatro em cada uma, eram Clínica Médica e Cirurgia Geral; Pediatria, Ortopedia e Anestesia tinham duas vagas cada; Proctologia, Urologia, Cirurgia Plástica, Otorrino e Psiquiatria, apenas uma — um total de 19 vagas para médicos e 4 para dentistas. A prova escrita foi dura, como Fred havia solicitado aos presidentes. A nota mínima para passar era 7, e a mínima da oral, 8.

Os presidentes das Bancas finalmente se encontraram no dia da prova oral, uma sexta-feira. Tiveram toda a mordomia. Vieram os dois dos outros estados

e ficaram em hotel 5 estrelas, com direito a acompanhante. Foi um sucesso a recepção preparada por Fred
no Comando Geral e o jantar oferecido no restaurante
mais conceituado, regado aos melhores vinhos. A PM
proporcionou a eles um encontro importante. Alguns
não se viam há anos.

Nesse encontro, combinaram com Fred que a
prova prática seria realizada em seus próprios serviços.
Os de especialidade clínica sorteariam pacientes internados para serem examinados e diagnosticados pelos
candidatos; os da área cirúrgica teriam que operar um
caso escolhido pelo candidato no serviço do presidente
da Banca.

Tudo transcorreu conforme planejado. A PM
conseguiu, de fato, uma turma de primeiro time. Tiveram um concurso duro e justo. Não houve peixadas.
Bem que houve pressões por parte de alguns coronéis,
querendo passar seus amigos à frente, mas Fred bateu
de frente com eles, e teve respaldo do General Pamplona. Concluindo, os aprovados foram empossados como
Primeiros-Tenentes Médicos no Hospital da Polícia Militar, no final de outubro.

O final do ano se aproximava, e Fred, por um
lado, se sentia cansado, mas por outro muito realizado e
satisfeito. Conseguira realizar o concurso mais comentado de todos os tempos na corporação, e agora o novo
hospital tinha uma equipe de gabarito. Os oficiais comentavam que agora teriam confiança para se tratar no
HPM.

Os novos médicos chegaram cheios de gás. Sua
atuação era um sucesso na área médica, mas um fracasso na militar. O problema que se apresentava naquele
início era que tinham, também, que se convencer de que

eram militares. O Diretor de Ensino, então, convenceu o antigo Diretor de Saúde a iniciar um curso de milicagem no ano que estava para chegar. Alguns, simplesmente, não conseguiam pensar como militares, e talvez nunca conseguissem.

O curso começou em janeiro e os doutores tiveram, durante um mês, aulas de formatura, marcha, continências, regulamento e outras formalidades a que não estavam acostumados. Enquanto isso, Fred e seus colegas partiram numa viagem.

27. A VIAGEM

Lá por essa época, terminava o CAES. Fazia parte do fim do curso uma viagem para visitas a instituições policiais militares. Passaram 20 dias viajando por vários países europeus, estabeleceram excelentes relações com oficiais superiores estrangeiros e fizeram farras, claro, muitas farras. Já fazia um pouco de frio na Europa, mas não muito forte. A viagem terminou em Portugal, regada a muito vinho e três noitadas no Cavalo Branco, em Lisboa; inevitavelmente, com as garotas de programa brasileiras, porque portuguesas é o que menos havia no famoso cabaré.

Fora as farras nas muitas visitas noturnas extra-curriculares a vários puteiros da Europa que fizeram parte do roteiro, a viagem foi de grande utilidade para a vida de alguns deles, que levavam as coisas a sério. Puderam aprender como funcionavam as melhores polícias da Europa — a Polícia Judiciária portuguesa, a Polícia espanhola, os Carabinieri italianos, a Gendarmerie francesa, a Scotland Yard inglesa. Enfronharam-se em conversas com os comandantes de várias dessas unidades, e Fred encantou-se com os grupos de operações especiais ingleses e alemães. Essa viagem mexeu com a cabeça do coronel-pedagogo e ele voltou sentindo que devia fazer algo novo em sua própria polícia. Ela tinha evoluído muito, é verdade, mas não tanto quanto a bandidagem, que não parava de crescer. Algo precisava ser feito.

Fred vislumbrou, então, o tamanho do desafio que o esperava. Tinha que pensar muito, mas o problema era ter que pensar e pôr em prática. Não poderia mais ser o homem da linha de frente, o homem de ação de que tanto gostava quando era oficial subalterno, desde a época da cavalaria, a tropa de elite da antiga polícia que dera origem à Polícia de Choque. Quando a cavalaria entrava em ação, era sempre um deus nos acuda, lá vinham os homens com seus cavalos e porretes, e arrasavam quando chegavam. Fred adorava isso. Dissolver tumultos nos cascos e nos cassetetes tinha sido sua primeira experiência de ação, e quando estava em ação sempre se lembrava do Cel. Sturm, seu grande inspirador.

A seu lado sempre estava o Cabo Epa. O próprio Sturm lhe dissera, já em seus últimos dias:

— Tenente, grude no Epa. Esse cara viveu em contato direto com a rua, com o povo do interior, e agora com o da cidade. É um cara valente, em quem você pode confiar se o tiver atrás de você. Com ele você não leva tiro, amigo. Cuidado sempre nas horas de ação, porque você não deve dar as costas, de jeito nenhum, para alguém em quem não confia como se fosse a tua mãe.

Quando Fred visitou as companhias de cavalaria

inglesas, nunca tinha visto cavalos tão bem tratados e cavalariços tão limpos. Mas, fora a beleza, a organização e a gala real, cavalaria era tudo a mesma coisa. O que o impressionou mesmo foi a eficiência, o treinamento, a destreza, tanto no ar, como na terra, como no mar, das forças especiais da polícia inglesa, assim como a capacidade de luta, de sobrevivência, de tiro de precisão, de armar e desarmar explosivos das forças especiais alemãs, mas, ah, nada se comparava a uma polícia empolgada e preparada para tudo, com planejamento, inteligência e coordenação, e esta era a nova arma que ele pensou para sua polícia.

Decididamente, isso faltava no Brasil. Ele sabia que a Marinha e o Exército brasileiros já tinham grupos preparados para guerrilha, contraguerrilha, e sobrevivência na selva, mas, e as polícias militares? Como enfrentar os sequestros, as guerras entre facções criminosas, o crime organizado, os assaltos a bancos? Na volta ao Brasil, esse pensamento iria acompanhá-lo por muito tempo. Decidiu que iria aprender tudo sobre o assunto. Não poderia largar as portas importantes que se abriam, agora que fazia parte da Diretoria do Comando Geral, para, pessoalmente, preparar-se para ser um SWAT, um homem de operações da linha de frente, mas decidiu que iria lutar pela criação de uma força especial. Para isso, iria procurar o homem certo para liderar o grupo.

Fred admirava as ações de uma Companhia do Primeiro BPM, que funcionava como tropa de choque no centro da cidade fazendo policiamento ostensivo motorizado. Conhecida como Ronda Bancária, embrião da ROTA desde 1969, tinha a missão de reprimir os roubos a bancos e ações violentas praticadas por criminosos e por grupos terroristas que continuavam a agir, mesmo depois de sufocados os focos da guerrilha rural no Vale do Ribeira. Os remanescentes de Lamarca e Marighela continuavam causando intranquilidade no interior e na capital de São Paulo, com ataques a quartéis e assassinatos de civis e militares.

A ROTA, assim chamada pelas iniciais de "Rondas Ostensivas Tobias de Aguiar", começou a funcionar a partir de outubro de 1970, coordenada por uma central de comunicações apoiando as viaturas equipadas com rádio. Para identificar seus integrantes foi criada a boina negra, e até hoje seu uso representa um orgulho para eles, especializados em quaisquer ocorrências incomuns. Seu lema é "Dignidade Acima de Tudo".

Mas isso ainda não era suficiente. Precisava montar um embrião que pudesse crescer saudável e, em alguns anos, chegar a um batalhão — se possível, de operações especiais; ou, no mínimo, no caso de um estado grande como São Paulo, que pudesse haver companhias de homens especiais como aqueles que conhecera em algumas unidades espalhadas pelo estado.

28. A CIRURGIA

O retorno da viagem foi, também, o retorno à vida normal. Em seu gabinete não havia problemas. O principal, o concurso da saúde, estava superado. O curso estava em seu final e o novo ano começava com sua turma preparada para assumir os comandos que lhe estavam destinados. Fred já estava com isso definido.

Em casa, encontrou Susan em fase melhor, cismada apenas com uma coisa: a cirurgia. Seu psiquiatra tinha lhe dado um laudo liberando a plástica e sugerido que continuasse em tratamento na capital com outro colega, já que não morava mais em Santos. Há quase um ano morando em São Paulo, a mulher não ainda não tinha procurado outro psicanalista devido à dependência que desenvolvera com relação a seu médico, e uma vez ao mês ainda se consultava com ele na cidade praiana.

Fred já entendia como sua mente funcionava; sabia, há anos, o nome do mal que a atormentava — uma

Esquizofrenia Aguda Patológica. O doutor havia lhe explicado detalhadamente a doença quando lhe deu o laudo para os reembolsos. As alterações tão drásticas de humor que ela apresentava, e aquele alegado ciúme exagerado, eram, na realidade, uma necessidade doentia de se fazer de vítima. As tentativas de suicídio por ingestão de barbitúricos não tinham uma intenção verdadeira de se matar, mas sim de atrair atenção para si. Susan não era deprimida por algum distúrbio de serotonina — cujas vítimas tentam verdadeiramente se matar por não verem outra alternativa na vida. A doença dela era de outra linha. Não havia cura, e sempre teria esses altos e baixos.

O médico explicou a Fred que a tinha liberado para a cirurgia porque ela tinha um problema físico real. Não era causa de alterações psicológicas, nem havia o perigo de ela estar atribuindo alguma infelicidade à deformidade abdominal, mas quando estivesse em boa fase ele permitiria a operação, e esse momento havia chegado. Ao informar-se com os amigos quem indicariam como cirurgião para Susan, lhe perguntaram por que não a levava ao cirurgião que estava operando no HPM. Diziam que o novo tenente-médico andava fazendo prodígios, todos comentavam a salvação da perna do motociclista — o sargento estava com sua Harley--Davidson à frente da comitiva do governador quando o para-choque dianteiro de um baita caminhão quase decepou sua perna direita, numa colisão frontal. O serviço de ortopedia chegou a decidir pela amputação, mas o novo doutor impediu e assumiu o caso. Oito meses e três cirurgias mais tarde, com retalhos doados da outra perna e enxertos ósseos, o homem saiu andando com ajuda de uma bengala.

Fred, então, caiu na realidade. *Como não pensei nisso?* O cirurgião tinha passado em primeiro lugar em provas dificílimas. O exame prático tinha sido uma cirurgia no serviço do Dr. Pitanguy, assistida pelo mestre, e levou nota 10.

Marcada a consulta, lá foram os dois ao ambulatório, e numa manhã de quarta-feira, às nove, estavam com Dr. Lécio Piermont.

— Dr., o senhor não me conhece, mas eu o conheço muito bem. Fui o oficial que fez o seu concurso. O Dr. Pitanguy lhe fez os maiores elogios. Espero que esteja gostando de nosso hospital.

— Coronel, realmente eu nunca soube quem organizou o concurso, mas o senhor está de parabéns. Ótimos colegas estão hoje aqui, e não é pra menos. O concurso foi uma dureza. Tive que ter um pouco de sorte também, tinha muita gente boa concorrendo.

— Olhe, eu trouxe a minha mulher porque há tempos que ela deseja corrigir o abdômen. E agora, como temos tido boas referências suas, viemos lhe procurar. Pedi ao Diretor do HPM para marcar a consulta dela.

— Ok, Coronel. Obrigado. Eu fui avisado. Então, vamos examinar a D. Susan.

Depois de uma grande anamnese, ficha preenchida e exame cuidadoso do abdômen de Susan, o médico lhes explicou o que poderia fazer.

— D. Susan, a sra. apresenta o que chamamos de Abdômen em Avental. Depois das duas gestações, a pele foi muito distendida e, além de fazer muitas estrias, ficou com grande excesso, que é esse tecido que cai sobre o púbis. Além disso, seus músculos retos se abriram, afastaram-se da linha média devido ao grande crescimento do útero, que os empurrava para a frente, e também ficaram com comprimento maior por esgarçamento de suas fibras. O resultado é uma parede muscular flácida e a barriga volumosa. Minha indicação é uma abdominoplastia, ou seja, uma cirurgia plástica da barriga.

Fred e Susan tinham muitas perguntas sobre o procedimento, a recuperação, o que ela poderia ou não fazer, quando poderia ir à praia, fazer ginástica etc. Pacientemente, o Dr. Piermont explicou tudo, pediu os exames necessários e que ela retornasse quando tivesse os resultados. Ainda conversaram mais, criaram um relacionamento que superou o laço comum entre médico e paciente. Nem Fred, nem muito menos o cirurgião, sabiam que ali se iniciava uma amizade que os acompanharia pelo resto da vida.

Susan foi operada na data marcada, teve uma recuperação excelente e um bom resultado. A amizade cresceu, e pouco tempo depois o tenente-médico e o coronel estavam juntos, com as esposas, em um feriadão na Praia Grande, na casa que a família de Fred utilizava quando ele comandava Santos. Dr. Piermont e a mulher não perceberam nada de anormal em Susan. Ela estava perfeita. Nenhum sinal da doença. A cirurgia lhe fizera muito bem. Mais tarde, fez outra para diminuir e levantar as mamas. A primeira coisa que a amizade entre os dois homens eliminou foi o tratamento formal de "Doutor" e "Coronel", mantido somente em serviço, na frente de outros oficiais. Seu relacionamento perdurou além dos muros dos quartéis; quando foram reformados e os fios brancos lhes cobriram as cabeças, ainda sentiam falta um do outro quando um mês se passava sem que se encontrassem.

29. O ENCONTRO NO SUL

Rápido, o tempo rasgou o espaço até o final de 1974. O Ten.-Cel. Rinaldi estava encerrando seu período na DGE e ainda não havia conseguido criar o grupo operacional especial como pretendia, embora já estivesse cuidando do assunto.

Um novo comandante geral foi empossado, o Coronel Amendoeira substituiu o general Pamplona, com grande vontade de mudanças — advindo dos quartéis da Brigada Paraquedista, homem apaixonado pelas operações com cursos de Comandos Especiais. Informado das habilidades operacionais e das intenções de Fred, transferiu-o para o Batalhão de Policiamento Rodoviário, que vinha ganhando muita importância e precisava sofrer grandes transformações.

Fred coordenou rapidamente as mudanças pedidas pelo novo comandante, e em 15 de dezembro de 1975, após nova adequação, foi denominado 1º Batalhão de Polícia Rodoviária, posteriormente desmembrado no 2º e 3º Batalhões, que passaram a ser coordenados pelo Comando de Policiamento Rodoviário criado em 1979. As transformações implantadas por Fred deram maior visibilidade e operacionalidade ao policiamento rodoviário, mas antes que as completasse, veio sua grande oportunidade: a transferência para o Comando de Policiamento de Choque. No novo cargo conseguiria materializar os planos iniciados durante a viagem à Europa. Ali seria viável a criação de um núcleo que ofereceria os cursos de formação de grupos de operações especiais, que poderiam ser ligados ao Choque, ou, com o crescimento de seu efetivo, poderiam futuramente chegar a um Batalhão.

Antes da transferência, porém, fez uma curta viagem à terra natal do saudoso Coronel Sturm, seguida de um mês de férias. Um grupo de comandantes de quartéis viajou com os novos alunos do CAES para conhecer unidades da coirmã do Rio Grande do Sul e prestigiar o aniversário do Regimento de Cavalaria gaúcho. Essa viagem marcaria sua vida para sempre.

Vivia um inferno com Susan, que naquele período tinha tentado o suicídio duas vezes. Numa delas ficara por duas horas ameaçando se jogar da janela do apartamento; noutra, bem mais grave, deu um tiro no próprio peito. A bala passou a um centímetro do ventrículo esquerdo e perfurou o pulmão, encravando-se numa costela, e dessa vez Fred acreditou que era pra valer. A mulher só precisava suspeitar de um caso seu, quase sempre real — Fred fazia uma ou outra besteira, e dessa última vez a causa tinha sido um filho seu de cuja existência ele nem sabia, ou pelo menos não tinha certeza, nunca mais tinha tido notícias de uma mulher que lhe dera dor de cabeça quando ainda era um jovem tenente e casado de pouco. Pois bastou o rapaz aparecer e Susan ver nele a cara do marido: e a crise veio, e com ela o tiro no peito.

Nos anos iniciais de sua vida profissional, o tenente recém-casado tirava plantão como Oficial de Dia na Cavalaria quando foi assediado por uma moça, filha de um oficial dos bombeiros. Ele já tinha ouvido falar dela, cerca de seis outros colegas já tinham lhe dado a dica. Ela costumava aparecer do outro lado da rua, em frente à janela do quarto dos oficiais, sempre ao final da tarde. Adorava uma farda, e era irresistível para aqueles jovens cheios de testosterona. Quando sorriam lascivamente para aquela janela, os lábios carnudos pintados com esmero funcionavam como uma bomba. O coração deles batia forte e rápido, enquanto davam uma furtiva saída do quartel para ir ao encontro da jovem. Era uma certeza: umas poucas palavras de elogio segurando aquelas mãos quentes e trêmulas das quais a excitação tomava conta, e lá estavam os dois atrás de uma enorme pedra num terreno nos fundos do quartel, e Fred não foi exceção à regra.

Quando os tenentes se encontravam, ela era assunto certo. Cada um contava como tinha sido a sua aventura, e tudo corria bem até que ela começou a dar a notícia a cada um deles, e um por um foram tirando o corpo fora. Alguns até deram uns tapas na moça, mas no dia do plantão de Fred a coisa foi diferente. Ele agiu com calma e delicadeza, embora por dentro estivesse gelado, porque era o único casado. Ainda não existia teste de paternidade, e depois da negativa dos outros, ela insistiu em dizer que o pai era Fred, influenciada talvez pela delicadeza com que fora tratada. Claro que ele negou também, mas ela dizia ter certeza. O pai dela contratou advogado e deram queixa de sedução.

Fred, não se conformando com o fato de que a culpa caísse sobre ele, já que outros seis também poderiam ser o pai, armou o golpe certeiro com a costumeira inteligência. Levou na conversa um sargento bonitão, que tinha fama de garanhão irresistível, colocou nele uma farda de oficial e com facilidade ele teve acesso à garota. Ela, como sempre, não resistindo ao charme e à tentação da farda, foi com ele a um motel. Estava armada a trama. Máquina fotográfica à mão de um profissional, invadiram o quarto e o flagrante foi realizado. Isso, somado ao depoimento dos seis tenentes solteiros, resolveu a questão. O pai da garota fez o acordo: retirava a queixa em troca da não divulgação dos depoimentos e das fotos que comprometiam sua levada filha. Fez, é claro, ameaças a Fred que nunca se concretizaram. O então tenente fez chegar ao seu conhecimento uma série de coisas horríveis que, supostamente, teria feito com outros que o ameaçaram.

O pai botou a viola no saco e criou o neto, que já tinha 22 anos quando procurou Fred para lhe dizer que era seu filho. Vivendo o drama de Susan, mas procurando manter a calma, Fred lhe disse que se fosse verdade iria reconhecê-lo. Antes, porém, abriria um processo de reconhecimento de paternidade. O rapaz achou um absurdo e sumiu sem dar a Fred os dados necessários, e foi nesse clima, com Susan em recuperação e já tendo se decidido pela separação, que Fred fez a viagem ao sul.

Lá, durante o dia, participaram das festividades, com provas hípicas no Regimento e várias solenidades militares. À noite Fred planejava umas voltas pela cena noturna de Porto Alegre, porém seus colegas insistiram para que fosse primeiro a uma solenidade no Palácio do Governo. Fred quase recusou, pois o programa não era obrigatório, mas, diante de muita insistência e argumentos, decidiu ir àquela chateação. Vestiu a farda branca de gala, e lá estavam eles na hora marcada.

Ainda mantinha seus planos de sair dali o mais rápido possível. Em posição de sentido, todos lado a lado, receberam o governador que, ao entrar no pátio engalanado para os discursos e homenagens ao Regimento, fez questão de cumprimentar cada um dos oficiais cariocas. Sua filha, uma loura linda num longo cor de rosa, atraía os olhares de todos os oficiais, que mal conseguiam cumprimentar o pai. Fred, ao contrário, tinha mirado um grupo de pessoas no fundo do pátio, e nele estava uma morena que lhe causou taquicardia. Deveria ter perto de trinta anos, e o corpo, dentro de um vestido simples e sóbrio, fazia par com um rosto que ficou gravado em seu inconsciente.

Enquanto a filha do governador não desgrudava os olhos dele durante os discursos, ele continuou hipnotizado pela morena; e durante o coquetel, enquanto a loura perguntava aos amigos onde estava aquele oficial alto de bigodes, nosso coronel vagava pelo palácio à procura da mulher que o deixara atordoado, até encontrá-la junto a alguns parentes. Aproximou-se de um rapaz do grupo e perguntou o nome dela. Ele informou com delicadeza:

— Minha prima se chama Zalma.

— Perdoe a insistência, meu amigo, ela é solteira, tem namorado?

— Olhe, coronel, ela é solteira sim, e não sei se namora alguém.

— Seria possível você me apresentar?

— Claro, sem problemas — disse o primo. E completou: — Zalma, chega aqui! Prima, quero te apresentar o coronel...

— Frederico Rinaldi — interveio o coronel.

— Prazer — disse a morena, estendendo a mão.

— Olhe, não me leve a mal, mas durante todo o tempo, desde que você chegou, esperei por uma oportunidade de te ser apresentado. Como não aconteceu, falei com seu primo, que gentilmente fez isso por mim.

O sorriso dela não deixou dúvidas. Também estava interessada. Conversaram bastante e Fred bendisse não ter ido aos cabarés como pretendia. Marcou almoçar com ela no dia seguinte, e durante esse almoço contou tudo sobre sua vida, sem esconder nada. Zalma tomou conhecimento da encrenca em que se encontrava, e isso não a assustou. Algo nasceu ali, para ambos, e lhes deu a certeza de que se queriam.

Fred deveria retornar com o grupo a São Paulo no dia seguinte, mas como tinha ainda férias antes de assumir o Choque, resolveu ficar. Conheceu a família da moça, todos gostaram muito dele e ele ainda mais, dela e de todos. Passou lá mais uma semana, e, durante esse tempo, ela decidiu que ele era o homem de sua vida. Aceitou esperar que ele resolvesse seus problemas com Susan e os filhos para então ficar com ele, mas decidiu-se com firmeza. Era o homem que tinha esperado durante seus 29 anos de vida, e agora não o perderia mais, levasse o tempo que levasse.

E levou muito tempo. Zalma não imaginava que ainda teria que esperar 15 anos por ele, mas esperou. O namoro prosseguiu firme, com visitas de um ao estado do outro, férias juntos e telefonemas frequentes. Enquanto isso, Susan fez de tudo para atrapalhar a liberdade de Fred, incluindo um demorado processo judicial e o máximo possível de chantagens emocionais dos filhos. Mas o namoro de Fred e Zalma resistiu aos anos; e ela só queria viver e se casar com ele quando tudo estivesse definitivamente em paz.

Durante aquelas férias Fred acompanhou a recuperação de Susan e começou a colocar em prática suas ideias de separação. A procura de uma nova moradia, que tinha que ser simples e barata, tomava seu tempo. Ainda ia às quartas-feiras ao Quartel do Comando do Policiamento Rodoviário para encontrar os amigos, e guardaria saudades dos poucos anos em que revolucionou o policiamento rodoviário, entre elas as das tardes de quarta-feira, que embora tivesse livres, passava no quartel entre churrascos, cervejas e banhos de piscina com amigos mais chegados — como o Tenente Piermont, que, sempre que podia, aparecia para relaxar das longas cirurgias e curtir uma das coisas de que mais gostava: as histórias do dia a dia das operações policiais. Muitas ocorrências trágicas se passavam nas estradas da vida, e outras tantas cômicas eram relatadas naqueles encontros; por seu lado, o doutor sempre tinha relatos sobre as cirurgias ou do que ouvia dos feridos que tratava. Os oficiais gostavam tanto de se impressionar com os casos médicos quanto ele com os casos policiais.

Naquele quartel Piermont praticava muito uma atividade que curtia intensamente: tiro ao alvo. Tinha grande prática com revólveres e espingardas desde a infância, em safaris no Pantanal com seu tio e seus amigos caçadores, mas não praticava o tiro com semiautomáticas e fuzis desde o ano passado na Marinha após a formatura, quando muitas vezes se oferecia para testar armas que saíam da manutenção. Jogava latas ao mar e atirava nela com várias pistolas em teste, e apesar do movimento das ondas, furava a maioria delas. Nos testes dos fuzis era o melhor, campeão nos tiros deitado e com alvos em movimento.

Dotado de habilidade espantosa com ferramentas ou armas, tanto quanto dominava um bisturi, Piermont sempre impressionava os amigos, fosse com os resultados das cirurgias, fosse com os consertos de eletricidade ou a precisão dos tiros. Gostava de ouvir as experiências policiais de seus pacientes, vários deles totalmente recuperados de desfigurações sofridas por causa de acidentes ou confrontos com a bandidagem — alguns deles matadores habilidosos, que não deixavam com vida se achassem que não teriam recuperação, ou que poderiam, após pouco tempo atrás das grades, representar sério risco à sua vida. Ouvia suas histórias com interesse, tratava deles com dedicação e eles faziam dele seu confidente. Alguns lhe ficavam tão gratos que lhe garantiam:

— Doutor, se algum imbecil lhe fizer algum mal, ou lhe chamar de feio, é só me avisar. Dou um jeito nele rapidinho.

Nesse clima de confiança entre médico dedicado e paciente agradecido, Piermont escutava relatos que guardava em segredo absoluto, não importava quem fossem e o que faziam seus pacientes. O que lhe contavam ficava apenas em sua memória, e ali morria. Bastava-lhe saber que se precisasse de um deles para qualquer coisa, podia contar, só teria que dar um telefonema.

Certa vez, um colega de Lécio foi assaltado e seu carro levado por dois bandidos bem vestidos, um louro e outro moreno. Um deles abordou o carro e mandou a mulher do médico e seu filho descerem, enquanto outro dava proteção com uma motocicleta. O colega vinha para um lanche de domingo na casa de Lécio, e parara na padaria para comprar alguns salgados quando o fato aconteceu. Lécio foi acionado, buscou o colega e família na padaria e providenciaram a comunicação do assalto na delegacia.

No dia seguinte, voltaram lá para examinar livros de fotos para reconhecimento, e depois de longa busca lá estava estampada a foto do louro, reconhecido sem dúvidas pelo colega de Lécio. Alguns dias se passaram; o carro chegou a ser visto em dois locais na cidade, por pessoas conhecidas dos dois, e usado para praticaram dois assaltos, um a uma residência, outro a uma empresa de ônibus. Lécio acionou um de seus pacientes agradecidos, o Manuel, que saiu em campo e dois dias depois retornou:

— Doutor, já sei tudo sobre os caras. Um é filho de uma promotora, e o outro, o louro, também é de classe média. Vou dar um jeito de pegar os dois, posso pegar o carro e botá-los comendo capim por baixo?

— Peraí, Mané. Não dá pra prender?

— Doutor, os caras têm alta proteção, tem gente na polícia querendo deixá-los livres em troca do carro. Já sei com quem o carro está e onde encontrar os dois, foram pra Baixada Santista e eu sei onde é o sítio em que eles estão. Se eu prender, vai ter represália pra mim. Se eu for lá, vou fechar os dois, lhe dizer com quem o carro está, e é só avisar à Delegacia de Roubos e Furtos de Automóveis e ir lá buscar depois. Mas aí eu já saí de cena, ninguém vai ficar sabendo.

— Mané, deixo por tua conta. Você faz o que achar melhor.

Três dias depois Manoel ligou e disse que o carro

estava parado nos fundos de uma delegacia. Lécio ligou para a delegacia. A Roubos e Furtos foi lá, pegou o carro e depois o avisou pra vir buscar. O que aconteceu com os dois ladrões ele nunca ficou sabendo, disseram que foram mortos num assalto a uma empresa na Baixada.

Quando contava aos amigos na piscina do quartel os casos mais escabrosos ouvidos no hospital, contava os milagres, mas nunca dizia os nomes dos santos. Fred e os demais oficiais riam do espanto de Piermont com o que escutava, porque sabiam, muito mais e melhor do que ele, como funcionava a mente dos homens de sua tropa, sempre muito próximos do perigo. O médico, até então, ainda não imaginava que um dia iria viver de perto vários momentos de ações de alta periculosidade, com homens de uma tropa muito especial.

30. A DESCOBERTA

Hoje, o Comando de Policiamento de Choque (CP-Chq) integra os órgãos especiais de execução, subordinando-se diretamente ao subcomandante da PM, sendo constituído pelo 1º, 2º e 3º Batalhões de Policiamento de Choque e o Regimento de Cavalaria 9 de Julho. Seus homens são treinados para ações de contraguerrilha, urbana e rural, e ainda para executar "outras atividades" policiais militares, conforme missões particulares que lhes sejam designadas pelo Comando Geral. Quando Fred foi colocado nesse comando, ainda não existiam os especialistas em "operações especiais". Fred esperou até conhecer o homem ideal para comandar o grupo que vinha sonhando tornar realidade.

Quando Fred assumiu, o Capitão Amarule, lotado no Choque, estava de férias. Ao vasculhar seu perfil nas fichas da P2, descobriu que era paraquedista, e em poucas conversas com alguns oficiais surgiu mais uma informação sensacional: o capitão estava "aproveitando" suas férias, emendadas com uma licença-prêmio de três meses em Angola.

O quê? Angola? E alistado como mercenário na guerra? Fred não acreditou. Foi o suficiente para não tirar mais o doidão da cabeça. Esperou, ansiosamente, o mês que faltava para ele retornar de suas agradáveis férias tiradas para saltar de paraquedas na África, ganhando de quebra algumas verdinhas para matar uns inimigos do regime. Durante esse mês Fred começou a se informar sobre todos os cursos de comandos especiais existentes por este mundo maluco. Talvez estivesse chegando o momento, mas isso ele só saberia quando Amarule chegasse.

A década de 1970 tinha passado da metade, e os tempos mudavam rápido na segurança pública. Os crimes perdiam sua conotação política e se tornavam crimes comuns — assaltos a banco, rebeliões em presídios, sequestros e outras violências abalavam a sociedade. A repressão política perdia força e crescia o número de vagabundos. Não eram mais aqueles que respeitavam a autoridade, aqueles que se prendia mandando chamar na favela e eles vinham, se apresentavam ao Dr. Delegado ou ao Cabo do Destacamento. Os novos ventos exigiam uma nova polícia, mais preparada.

Assim Fred, agora no Comando do Choque e com um projeto que o atormentava desde a viagem à Europa, começou a preparar alguns homens para os novos tempos, muito mais violentos, principalmente na capital. Fred tinha vivido o final da época áurea da PM, aqueles em que bandido era bandido e polícia era polícia, e bandidos respeitavam policiais — atirar em polícia, nem pensar —, tempos em que a maior arma de fogo em mãos de bandido era um 32 enquanto a polícia andava com três-oitão. Lembrava-se de ter conhecido, na cavalaria, o Tenente Victor, ainda remanescente da antiga corporação em que entrara como soldado. Quando Fred o encontrou era da Cavalaria, mas exercia o comando de um destacamento no Largo da Vitória, ainda uma roça tal, que o tenente era chamado de Delegado e cumpria esse papel.

Morava num sítio grande, onde podia guardar e alimentar seus cavalos. Tinha com ele um cabo e apenas um soldado, que moravam com ele, e em sua casa até cadeia tinha. Um dia, Fred foi ao Largo levar munição e mantimentos para o velho tenente e se deparou com a cena hilariante, que para Victor era costumeira: ele vinha montado em seu castanho manga-larga, imponente, orgulhoso e admirado pelo povo, e, à frente do cavalo, praticamente empurrado pelo animal, vinha um negão algemado com uma placa no peito: "Eu sou ladrão de galinha". O tenente mantinha em sua cadeia, pelo tempo que quisesse, esses meliantes que eram os mais perigosos que tinha que combater na região. Soltava-os todos os dias para tomarem sol, cortarem capim para os animais, limparem seu terreno. Sua mulher fazia comida para a família e para os presos, e ele apenas enviava para delegacia na capital um ou outro caso mais grave. Perigo? Ele morava lá tranquilo, com a sensação de absoluta segurança. Quem teria coragem de atacá-lo?

Agora, as condições eram completamente diferentes. Fred estava convencido da importância do que estava preparando, e eis que chegou das férias o mercenário de Angola. Apresentou-se a Fred, nem imaginando que os 10.000 dólares que recebera por cada um dos meses passados além-mar, ao contrário do que pensava, tinham empurrado para cima seu conceito junto ao novo comandante. Era esse, exatamente, o perfil imaginado por Fred para o homem encarregado da formação e do comando do grupo que sonhava criar.

— Coronel, o melhor agora é o curso no Panamá — informou o capitão Pablo, aliviado ao saber das intenções de Fred. — Eu, realmente, sou um guerrilheiro, paraquedista, e nas férias consigo ganhar algo mais me alistando como mercenário. Gosto do enfrentamento, Chefe, mas não tenho maiores recursos para preparar a equipe que o senhor deseja. Para isso, se meu coronel quiser, aceito passar pelos cursos necessários. Adoraria ter meu grupo de operações.

— Fechado, Capitão. Confio em você pra tocar a coisa.

Nessa época era mesmo moda o curso na Escola das Américas, no Panamá, que formava oficiais do mundo todo subsidiada pelos parceiros americanos. Depois, vinha o curso de contraguerrilha no Corpo de Fuzileiros Navais, adequado e aproveitado para qualquer missão. Era, e ainda é uma honra ter o "CONGUE", que depois virou COMANF — Comandos Anfíbios —, a elite das Forças Armadas, cópia irretocável do Curso de Rangers americano, um luxo para muitos poucos. Fred preparou tudo isso para Pablo Amarule; leu tudo sobre os cursos, fez os contatos necessários, escreveu um projeto e caminhou para o sonho de formar um grupo de elite no Brasil, pronto para qualquer serviço.

Tudo mastigado, apresentou ao Comandante Geral a proposta da criação de um grupo de combate altamente treinado, eficaz para qualquer serviço, que saísse da rotina policial, um grupo que não poderia perder. Seria a última fronteira da legalidade e da ordem.

A proposta foi aceita com júbilo. Haviam acabado de perder um major em uma rebelião de presídio, e não viam caminhos a tomar. Um grupo novo, sem vícios, seria uma resposta à sociedade, mas, inicialmente, teriam que aguardar o retorno do capitão doidão de Fred. Com a bagagem que ele já tinha, a experiência em explosivos, tiros de precisão, paraquedismo e guerra real, já mais que suficiente para a PM, e a adquirida em cerca de um ano de extenuantes treinamentos na Escola das Américas e nos nossos fuzileiros navais, a chance de dar certo seria imensa. E assim foi. O homem voltou no final de 1977, empolgado com a nova missão.

O primeiro curso tinha que chocar, atrair os melhores, voluntários motivados ao extremo que abandonassem os vínculos com o rotineiro, não tivessem tempo nem hora, em qualquer lugar e a qualquer preço. Os concludentes tinham que ser diferentes. Tinham que agir sob pressão, pensar, planejar, proceder sem erro, e ainda ser íntegros, éticos, leais, enfim, um pacote de atributos que só os mais equilibrados poderiam ter.

As matérias teóricas viriam com o tempo do curso; o mais importante era testá-los ao extremo. Suas mentes tinham que ser limpas e tratadas para as novas doutrinas, porém, não poderiam ser lavadas ao limite de perderem a individualidade e o bom senso. Era uma tarefa insana, que deveria ser levada a cabo com todo o zelo.

Primeiro dia de aula: tropa de alunos formada, totalmente equipada com sua mochila de 20 quilos, impecável das botas à barba. A aula inaugural foi dada pelo Comandante Geral, palavras de rotina, sem muito valor para o curso que se seguiria. Findo o palavrório, o Comandante Fred se postou frente à tropa e apresentou o agora promovido Major Amarule como Diretor do Curso e Comandante do Núcleo que ele formaria com os melhores entre eles. Pablo faz o seu primeiro comunicado:

— Senhores alunos, dos 49 presentes, só apertarei a mão de 12, o resto é resto, volta para a vida de pé sujo. Para o sucesso desse curso, contarei com a inestimável ajuda dos monitores Capitão-Tenente Marcos, Tenente Ágora e dos Sargentos Rocha e Galvão, gentilmente cedidos pelos fuzileiros navais para passarem conosco os próximos meses do nosso primeiro curso. Preparem seus corpos, porque suas almas já são minhas. Senhores monitores, encaminhem os senhores alunos para a nossa igreja, onde terão a primeira missa do curso. Outras virão — e uma explosão de artefatos coloridos encerrou a cerimônia de abertura.

Houve corre-corre, tropeço e suor até a igreja. No meio da mata da Serra do Mar, meia-noite, floresta densa, escura feito breu, nada além de pios de coruja, um altar em madeira tosca tinha sido erguido. Duas velas vermelhas acesas estavam no centro da mesa. Atrás dela uma figura esguia com uma capa enfiada até os olhos, um monge da Idade Média, recebeu os alunos.

— Ajoelhem, infiéis. Oremos para qualquer deus. Oremos para que receba estas almas perdidas dos que não resistirem aos treinamentos e às torturas.

Todos se ajoelharam sobre o chão lamacento de onde exalava um cheiro de putrefação, empurrados com violência pelos monitores com as baionetas de seus fuzis.

— Vinde a mim todos os íncubos e súcubos! — gritava a negra figura, com voz lúgubre e rouca. Oremos para que as forças malignas, por intercessão do grande e poderoso Lúcifer, os levem ao meio do inferno e os tragam de volta. Vitoria sobre a morte e nossa prometida glória!

Depois de mais alguns rituais, seguidos de uns gemidos que vinham das profundezas da mata e de longas frases em latim repetidas pelos monitores, que os apavorados e surpresos alunos não conseguiram compreender, instalou-se um silêncio tumular. Com uma espécie de convulsões violentas, em que parecia expulsar demônios, o sacerdote desconhecido, cujos traços eram vistos à luz das pequenas velas vermelhas sobre o altar, como se arrotasse soltou um *"et cum espirito tuo"* gutural. Estava encerrada a missa negra.

O Comandante Geral não entendeu nada. Pra quê isso? Parecia uma agressão gratuita à igreja. O Coronel Fred explicou, falando ao seu ouvido:

— Isso é uma espécie de choque inicial, importante, psicologicamente. Temos que quebrar qualquer vínculo, seja com a religião, seja com as superstições. Eles podem ter a religião que bem entenderem, mas fora daqui. Aqui têm que ser preparados para qualquer situação. O ritual é somente para embaralhar a cabeça deles.

Foram 3 meses de sangue, suor e lágrimas em igual quantidade. Não tinham tempo para dormir nem para comer. Faziam tudo no automático, enquanto aprendiam de tudo um pouco: natação, desativação de explosivos, tiro, luta, patrulha em área urbana e rural, sobrevivência, enfim, tudo para que pudessem agir "solo" na retaguarda dos grupos marginais.

Foram meses difíceis, e somente 12 concluíram, como Pablo tinha dito. Os outros voltaram para a tropa regular. O encerramento, com brevês no peito, mostrava os melhores.

31. Os outros cursos

Para o segundo Curso de Operações Especiais os formados no primeiro curso assumiram a docência. O ainda pequeno Núcleo teria que crescer por si mesmo. Major Pablo fazia questão de não chamar mais os homens da Marinha. Antes do segundo curso, o Núcleo foi convidado a dar aulas de guerrilha e contraguerrilha aos alunos do curso de formação de oficiais, num acampamento na mata. Nesse evento Pablo decidiu convidar um oficial para ser professor do segundo curso.

Designado para cobrir as férias do médico da Escola de Oficiais, o Dr. Piermont também estava no acampamento naquela semana. A finalidade era, por segurança, manter um médico durante os treinamentos, além de tratar diariamente da cloração da água do reservatório existente na floresta. Ocorreu que Pablo, observando o interesse do doutor por armamentos, tiros de precisão e explosivos, sua paixão pela mata e pelas técnicas de sobrevivência na selva, além de ser piloto privado, não se conteve, e convidou Piermont para compor seu grupo. Este, a princípio, recusou, porque, devido à sua vida profissional, não teria horário para dedicar-se ao grupo. Pablo então, espertamente, saiu-se com essa:

— Doutor, meus homens são saudáveis e não precisam de médico. Se passarem mal, os mando ao HPM ou ao clínico do Choque. Estou te convidando para ser professor de Primeiros Socorros, e, para isso, você só virá trabalhar duas ou três vezes por ano, para dar aulas durante umas duas semanas e passar uma semana acampado durante as práticas de sobrevivência. O que quero é que meus homens sejam hábeis, também, em salvar vidas, porque na hora do tiroteio preciso que eles saibam socorrer o colega ferido.

— Bem, Major, sendo assim, não tenho como não topar. Pode pedir minha transferência — disse Lécio. E foi assim que o grande amigo de Fred foi parar no meio do sonho criado pelo coronel, sem que este soubesse. Era um período em que ambos, por razões profissionais, passavam longas temporadas sem se falarem.

Estava completo o núcleo básico do grupo que Pablo estava criando. Já tinha todos os professores, e o segundo curso começou a ser preparado. Fred só soube que seu amigo médico estava entre os homens especiais arregimentados pelo Major quando viu a lista dos oficiais escalados para professores do segundo curso. Dali em diante, só ouvia elogios sobre as atuações do cirurgião, agora como professor de praças e oficiais.

Um dia, o coronel ligou para o médico e lhe disse:

— Lécio, o Major Pablo está satisfeito com tuas aulas no curso, e agora me disse que, a teu pedido, conseguiu um curso de voo livre pra você. Ficou maluco, meu?

— Fred, não é questão de maluquice. Voar sempre foi, desde a infância, um grande desejo meu. Houve uma época, antes do vestibular, em que pensei em voar profissionalmente, mas o gosto pela medicina foi maior e aqui estou eu. E há alguns anos me dediquei à aviação esportiva e fiz curso para piloto privado.

— Isso eu já sabia, Lécio... mas, asa delta? Isso é coisa de chincheiro!

— Meu coronel, isso é coisa de gente estudiosa. Existe a esquadrilha da fumaça também, é claro. Há caras que puxam fumo e outras coisas e praticam certos esportes radicais. Mas a maioria dos pilotos é gente responsável, que trabalha, estuda muito aerodinâmica e micrometeorologia, muito mais até que os pilotos de avião. Já presenciei isso, e fiquei espantado com a qualidade do material, a segurança e o preparo técnico deles. Você sabe que só me meto em coisa segura, portanto, não se preocupe.

— É, mas cuidado com as ideias do Pablo. Ele é ótimo em tudo que faz, mas é malucão demais, e quer que você aprenda para depois ensinar voo para os homens do grupo.

— Eu sei, Fred, ele já me falou isso. Mas eu não terei tempo. O máximo que poderei fazer é conseguir um instrutor pra eles, se o Pablo quiser.

— Tá legal. Mas deixa eu te dar um conselho. Logo que puder, volte pro hospital. Você tá fazendo falta lá. Aí, o que vai acontecer um dia, se você continuar, é acabar se metendo em encrenca braba. De repente você tem que acompanhar o grupo em alguma missão, e saiba que um dia, quando vocês tiverem formado um número suficiente de praças e oficiais, isso vai acontecer. O comandante geral tá doido pra botar os caras em ação.

— Tá bom, Fred. Obrigado pela preocupação. Mas vim parar aqui por acaso e, naquela ocasião, aceitei, porque estava chateado com o coronel diretor do hospital. Ele nem se preocupou com os pacientes que estavam internados para tratamento comigo, ne mandou cobrir férias de um clínico do quartel e nem quis me ouvir. Eu tinha pacientes queimados e estava com várias cirurgias marcadas naquele mês. Quando vi a falta de consideração que a PM tem com os seus especialistas, e o Pablo me ofereceu a oportunidade de ir ao quartel apenas umas 3 vezes ao ano pra dar algumas aulas, nem pensei duas vezes.

— Quando eu soube, você já estava lá. Se eu soubesse antes, você não teria saído do hospital.

— Fred, você me conhece. Eu não iria te incomodar pedindo para interferir com a ordem do diretor do hospital. Eu sei que você faria isso, mas não achei legal te envolver. Não se preocupe. Já estou com saudades do hospital e do meu serviço, e vou procurar voltar em breve.

A conversa dos dois acabou ali, e Lécio ficou com as palavras de Fred martelando em sua cabeça. O trabalho com o grupo de Pablo era muito bom, era até uma diversão para ele, mas sua presença de cirurgião estava fazendo falta no hospital. Ocorria que ele estava num período de grande dedicação à clínica particular, pois o tempo dedicado à PM era muito menor do que antes. E como tinha se comprometido com Pablo, pretendia ficar para mais alguns cursos. O efetivo de Pablo ainda era pequeno. Não havia, ainda, o perigo de terem que entrar em confrontos.

O segundo curso foi um sucesso, e também os seguintes, por um período de 3 anos, antes que o Comandante Geral começasse a mudar a rotina daqueles homens especiais.

Já no final de 1978 Fred tinha um grupo de operações especiais, o GOE. Duas turmas de oficiais e de praças já tinham se formado e, agora, havia um corpo de tropa. O grupo já tinha até médico, responsável pelo ensino de Primeiros Socorros, e, além disso, por ajudar na prática de sobrevivência na selva, assunto em que fora educado durante os longos anos de caça com a família no Mato Grosso do Sul.

A tropa tinha de tudo, gente engraçada e gente séria, pais de família ou notívagos pés de valsa, administradores e operacionais, todos num corpo só, unidos pelas dificuldades do trabalho. De equipamento não tinham nada, tudo que era prometido não chegava. Ficavam com 20 armas da Segunda Guerra, tratadas e limpas como cara de criança, munições guardadas como ouro, um jipe e um barco chato de alumínio, sem motor. O resto teria que ser doação, e Pablo era um exímio pedinte.

Do Exército vieram barracas, mochilas e cantis, usados, porém reparados com carinho; da força aérea veio o resto de um avião Paulistinha para treino de abordagem e, da Marinha, um bote de borracha. Assim caminhavam, sem nada, com muita motivação e muito bem treinados. Eram uma mistura de personalidades e, como em todo grupo, tinha o mais caricato, Pedro Miguel Aguiar dos Santos e Santos, um nome longo, que daria trabalho, e logo virou Pedro Chatuba.

Chatuba era, realmente, um tipo engraçado, baixo, bem moreno e cabeça chata, um tipo nordestino bem falante e alegre, porém um desastrado, um elefante em loja de louças. Nos fundos do quartel criava canários, uma paixão tão grande que, diariamente, deixava de comer sua quantia de ovos para dar aos cantadores. Tinha sido o primeiro colocado em seu curso, e embora solteiro, não saía à noite, juntava o dinheiro, que mandava para a família no norte. Pela manhã, após a ginástica diária, sentava por exatos trinta minutos perto dos canários e ficava de papo pro ar, pensando na vida.

O que o tornava caricato, porém, era sua distração. Era mestre em "cagadas", como dizia o Comandante Pablo. De uma feita, no rancho, quando amarrava o coturno com a perna cruzada, sabe Deus como amarrou o cadarço com a ponta da toalha da mesa. Quando se levantou, arrastou com ele todos os pratos da mesa e ainda toda a comida dos companheiros. De outra, pensativo, botou o café na xícara até vazar e cair na calça, queimando, claro, o próprio saco. Quando se levantou, assustado, esbarrou no Comandante, que foi ao chão quebrando a cadeira. Não eram casos dispersos, eram constantes, diários, rotineiros.

Temerosos, seu companheiros se sentavam afastados. O diferente dessa índole, desastrada em repouso, é que, nas missões, se transformava: era metódico, observador, nada saía errado. Seu caso mais hilário foi presenciado por todos. No primeiro aniversário do GOE, houve uma formatura com todos os policiais do grupo. Às sete da manhã todos deveriam estar em forma, impecavelmente fardados, barbeados, coturnos brilhando, unhas limpas, enfim, era o primeiro aniversário e nada poderia dar errado. Já haviam treinado inúmeras vezes. Estava tudo certo. O Comandante Geral estaria presente, o Comandante Fred e outras autoridades eram esperadas. Como sempre, o Chatuba acordou antes de todos, foi ao rancho e cozinhou dois ovos para os canários. Nesse meio tempo, ouviu o toque de reunir. Apressado, o Chatuba colocou os ovos cozidos no bolso da calça e correu para a formatura. Chegou atrasado e entrou em forma, na frente da tropa todas as autoridades convidadas. Iniciou-se o Hino Nacional e os ovos esquentavam os ovos do Chatuba. Foi inevitável mexer as pernas em um rito sambado, ao som do "ouviram do Ipiranga".

— Major Pablo, prenda este insubordinado, dez dias de molho para aprender a ter respeito — determinou o Comandante Geral.

— Sim, senhor. Mas, antes, permita que eu ouça o soldado. Se não tiver nenhuma explicação, dou-lhe 20 dias — retrucou o Major Pablo.

Passados alguns minutos, o Comandante Pablo, que não sabia dos ovos dos canários, chamou o Chatuba, que prestou uma continência marcial e, ao abaixar a mão, quebrou o porta-retratos com a fotografia da mulher do comandante.

— O que houve, soldado? Por que sambavas na hora do hino? — Pablo perguntou sério, escondendo o riso.

— Foram os ovos, Comandante, estão quentes.

— Por que não os arranca e joga fora? Você não usa mesmo. É assim mesmo, quando não se usa eles ficam quentes — disse, com escárnio, o Comandante.

— São os ovos dos canários que esquentaram meus ovos — Chatuba tentou explicar.

— Tá bom, tá explicado, vai pro alojamento esfriar os ovos — e não puniu o soldado, que passou a ser conhecido como "Pedro Ovo-Quente".

32. A entrada em ação

Um dia, o Comandante Geral chamou Fred e lhe disse que não era mais possível que um monte de oficiais e praças ficassem só treinando. Estava na hora de entrar em ação. Queria que aquela equipe fosse encarregada de resolver todos os assaltos, sequestros envolvendo reféns e rebeliões em presídios, entrasse em combate com a criminalidade nos casos mais difíceis. Aproximava-se a concretização o sonho de Fred, ver seu grupo em ação.

Ainda era pouco, porque já podia ser transformado em Companhia, mas ainda estava longe de ser um Batalhão. Mas não importava. Companhia, Batalhão ou Grupo, como passou a ser chamado, já estava bom. Estava ansioso por vê-los em ação. Com o crescimento do GOE, o Major Pablo sentiu que teria que trazer mais especialistas que não tivessem curso de operações especiais. Tinha que selecionar os melhores para mecânica, comunicações, secretaria e outras funções típicas de burocratas. Seriam policiais mais velhos, com prática na administração militar, que, em última caso, poderiam ser empregados nas operações policiais rotineiras em que não fossem usadas técnicas especiais.

Um desses era o "Chico Besteira", Francisco Eleotério de Souza, um mecânico de mão cheia. O apelido vinha do fato de que considerava besteira tudo que fosse novidade em mecânica. Era um mestre da graxa, porém, um mentiroso contumaz, daqueles de inventar bravatas. Uma tarde, quando ia ao QG levar um caminhão para transporte de pessoal, um velho Ford que o Chico teimava em fazer funcionar com esmero, foi alertado para um assalto em um ônibus. Estava já na casa dos 60 anos, e sentia que não poderia competir com um assaltante de, talvez, 20. Precavido, saltou do caminhão com um velho 38 de cano longo, tão longo que usava um coldre especial. Ao abordar o coletivo pela porta da frente, foi empurrado pelo meliante, que já saía correndo com uma bolsa na mão.

O Chico tentou gudunhar o meliante. A força da idade, porém, o fez perder o equilíbrio e se estatelar no chão. O assaltante foi rápido, sumiu no meio da multidão do centro da cidade. Muito sem graça, o Chico se levantou e guardou o 38, só então dando conta que tinha na mão um monte de cabelo ruivo. No caminho foi tentando inventar uma mentira para o Comandante, certo de que seria motivo de chacota dos amigos.

— E aí, Chico? Como foi a ocorrência no Centro? — perguntou Pablo, que já estava informado de tudo.

— Foi fácil, Chefe. O bicho era manhoso, escorregadio. Mas eu sou do GOE, sabe como é, né, vergo mas não quebro — retrucou Chico.

— Mas, conta, prendeu o homem? — perguntou

Pablo, esperando a bravata.

— Olha, Chefe, eu não quis prender, não. Resolvi dar um corretivo nele e escalpelei ele, que nem índio de cinema americano, aqueles do General Custer — e mostrou, vitorioso, a peruca vermelha.

Este e outros muitos casos engraçados aconteciam todos os dias, porque a moral daquela tropa era também especial. Todos eram confiantes, em si e nos companheiros, e sabiam que eram os homens mais preparados da PM. Por isso passavam por casos nada engraçados, também todos os dias. Eram sempre chamados para as piores situações, as de risco mais alto. E nessas horas, muitos se apegavam a santos e respeitavam superstições, algumas das coisas mais estapafúrdias a que se apegam os policiais. Muitos usam medalhas de São Jorge, erguem pequenos oratórios na entrada dos alojamentos e não saem sem uma breve oração para o protetor. Outros carregam patuás, santinhos ou pés de coelho. No final do mês, quando o salário não dá, se lembram de Santo Expedito, o dasatador de nós.

Não há destacamento ou batalhão que não tenha em seu terreiro um cachorro. Pode ser pequeno ou grande, limpo ou pulguento, branco ou preto, todos, porém, sem raça definida, dizem que é por causa de São Lázaro: o fiel amigo está sempre próximo para avisar de um estranho ou lamber as feridas do dia a dia. O 3º de Choque, onde a turma do GOE foi lotada para entrar em ação, tinha tudo isso, e mais, um sino no topo do quartel centenário. Sem uso, ficava ali, inerte, sem o mínimo cuidado. Era a fonte da maior superstição de todas: "Quando ouvir o sino tocar, é o demônio que se balança no badalo. Não saia nem por ordem do Comandante Geral. É morte certa", contavam os mais velhos aos recrutas.

E assim seguiam os maus agouros. De uma certa feita, quando morreram seis soldados em um caminhão de transporte de presos, disseram que o sino badalou seis vezes antes da meia-noite. Mas para os homens do GOE não tinha dessas coisas. Eram preparados e tinham as mentes purificadas. Mesmo se o sino tocasse mil vezes, iriam para o combate.

Com o tempo, esse agouro foi quase esquecido. O Major Pablo, oficial de longa data, dizia que nunca tinha ouvido o sino tocar e se gabava de nunca ter perdido um policial em serviço. Numa sexta-feira de agosto, Pablo dormia no quartel por conta de uma operação policial que teria início com o raiar do dia. Na madrugada, acordou com um som, parecia um sino que vinha do alto. Imune a superstições, logo voltou a dormir, mas o barulho ficou congelado no seu pensamento.

Seria verdade? Seria sonho? Por precaução, tomou medidas extras de segurança com a tropa. Ninguém poderia dispersar, a retaguarda tinha que estar protegida e o primeiro homem tinha que estar sempre abrigado. Era um serviço de rotina, porém, o sino havia tocado... Às sete da noite todo o pessoal já estava reunido na saída do local da operação, que havia terminado, ninguém ferido até aquele momento. De repente, um só tiro foi ouvido. Passou perto de Pablo e encontrou o corpo do Cabo Albuquerque, que, inerte, desabou no asfalto.

Aquela foi a primeira das baixas sofridas por Pablo nas operações. Depois do funeral, o Comandante Pablo voltou ao quartel, pegou um fuzil e reduziu o sino a peneira. Nunca mais iria badalar o infortúnio. Se é verdade ou mentira, não se sabe, mas aquele diabo de sino nunca mais tocou. Diziam que até o demo tinha medo do GOE.

A caminhada de um comandante é igual à de uma vida: tem em volta uma "família" que depende dele nos mínimos detalhes, e é parecido com um pai que pune, acarinha, motiva e orienta. Com ele, riem juntos ou sofrem as perdas, e com Pablo não era diferente. Pelo contrário, uma unidade especial une ainda mais os seus membros, que passam mais tempo com os companheiros do que com suas famílias. Vale a pena? Não sei, mas, certamente, é uma escolha diferente de vida, que poucos têm o privilégio de compartilhar. São emoções diferentes, que festejam com cerveja e júbilo a prisão de um marginal, contam bravatas ou mergulham em tristezas profundas quando um amigo parte. Isso tudo se passou com Pablo, que riu e chorou como ninguém. Muitos partiram nos confrontos do grupo, levando com eles a juventude do Comandante. Não é só perder um amigo ou salvar uma vida, é mais que isso, é nunca se ouvir um agradecimento: o agraciado com a sorte de viver parece que tem medo de relembrar o momento difícil, e se esquece de virar o rosto para o amigo anônimo e dizer, "estou aqui por conta de vocês, muito obrigado". A natureza humana não compreende o fato de pôr uma vida em risco em troca de outra, e sobrevive às custas de passar um pano para apagar o momento difícil que passou.

33. Os amigos de fé

Pablo guardava boas recordações da época em que saiu aspirante. Foi lotado em uma unidade do centro da cidade, e como tinha características pouco convencionais, tanto na aparência quanto nos métodos de atuação, foi destacado para o serviço secreto do Batalhão, um serviço que exigia total dedicação a qualquer hora do dia. E, assim, tão logo se apresentou, o então comandante determinou que esquecesse os modos militares, usasse roupas mais à vontade e aprendesse com os mais antigos como se misturar à malandragem das ruas. Dele dependeriam as informações que gerariam operações policiais de grande porte. Teria que se infiltrar e ouvir de tudo que desse um suco criminoso, algo que valesse a pena.

No primeiro dia, foi apresentado aos seus parceiros, suas sombras, seus homens de confiança, entre eles os sargentos César Caetano e Juarez Bonfato. Eram tipos totalmente diferentes: César era grande, magro e branco como neve, e Juarez, também grande, era musculoso e preto como carvão; César, uma dama de educação, e Juarez um grosseirão incomparável; um calmo e o outro agitado, intempestivo; um pensava, o outro executava. O César, mais fino, não admitia apelidos; Juarez tinha vários, e um deles era o "Juca Poste". Eram a dupla perfeita. Ficaram amigos no sofrimento do trabalho, e, enquanto o Juca foi solteiro, morou na casa do César, outro solteirão convicto. Claro que César teve que mandar fazer umas modificações no apartamento, como trocar o vaso sanitário por um maior (a bunda do Juca não cabia), encomendar uma cama especial para os 1,96 metros e os cento e tantos quilos do Juca, suspender o chuveiro, enfim, tudo para acomodar melhor o amigo. Valia a pena pela companhia.

Pablo foi aceito com alegria pela dupla, pois se parecia com eles. Bem-humorado, grande e desajeitado, sabia ser parceiro sem impor a situação de oficial. Quando nasceu, o primeiro filho do Pablo, um "macho russo" — como ele se referia ao filho —, teve dois padrinhos, o César e o Juca. E foram por aí vivendo a vida, ávidos por boas prisões, sempre juntos, sempre guardando as costas dos parceiros. Para onde Pablo era transferido, conseguia levar os dois praças compadres. Só não foram companheiros quando Pablo resolveu aprender paraquedismo, e quando, já capitão do Choque, meteu-se a mercenário em Angola.

Quando Pablo assumiu a chefia do GOE, convenceu os dois a acompanhá-lo, e bastou um único pedido ao Comandante Fred para levar os amigos, parceiros de total confiança. Terminaram o curso e, em seguida, eram homens especiais, o que já eram para Pablo há muitos anos. E tinham que ser melhores que os outros.

César foi o primeiro a se destacar. De uma só tacada, matou dois assaltantes de ônibus e prendeu um, tudo em uma ação certeira, sem atirar a esmo, sem atingir inocentes. Naquele dia salvou vidas, com certeza. Ganhou sua primeira e única medalha no GOE, entregue pelo comandante geral em solenidade no pátio do Comando. A vida, porém, tem suas armadilhas. Exatamente uma semana após o ato de bravura, estava sentado no mesmo ônibus, no mesmo banco e no mesmo horário. A tarde chegava ao crepúsculo, a hora de que ele mais gostava. O assalto foi anunciado por dois homens, que gritavam palavras desconexas enquanto arrancavam o pouco dinheiro dos passageiros, agredindo sem pensar. César, experiente, sabia que tinham que chegar mais perto, um jogo de paciência e sangue-frio, ou poderia acertar um inocente. Foi tudo muito rápido, menos de uma fração de segundo, somente dois tiros e dois marginais mortos.

— Motorista, toca pra Delegacia — determinou, se sentando no mesmo banco.

Relaxou por poucos momentos e agradeceu a Deus os tiros certeiros. Foi sua desdita. Um único tiro foi ouvido, de uma arma pequena, um 22. E um moleque magro, com menos de 14 anos, foi o autor, uma barbaridade, talvez tenha até se assustado com o barulho da arma; agora seria herói do submundo: acertara a nuca de César; tinha matado um meganha.

Foi um enterro com todas as honras, Pablo de um lado e Juca de outro carregando o corpo do amigo, um "até já" comovente. Dali em diante, nada mais foi igual. O Juca não saía mais para o serviço, e Pablo parecia alienado com a perda do amigo.

O tempo, porém, lambe as feridas, coloca as coisas no lugar certo, ou quase. Depois de um ano, as coisas estavam nos seus lugares. O trabalho ocupava o tempo. Não fazia esquecer, mas ajudava a não lembrar. Era um dia de sol forte de um domingo qualquer, onde a rotina havia colocado o Juca de serviço, uma rotina que o levava a uma área pobre ocupada pelo GOE quando livraram a comunidade dos traficantes.

A ordem era manter o local livre dos marginais de outrora, patrulhamento normal e fim de serviço. Quando já se juntavam para ir embora, no cruzamento de duas vielas, a coisa se complicou: uma criança de seus dois anos brincava com um brinquedo novo — uma granada. A menininha jogava para cima, chutava e atirava para longe o objeto de aparência inocente. Juca não pensou duas vezes, devem ter passado pela sua cabeça os seus oito filhos, todos de uma só mulher, boa parceira, aliás, que o acompanhava há 15 anos. Quando a criança retirou o anel de segurança, Juca pulou como um gato, apesar do seu tamanho descomunal. Só deu tempo de virar a menina de lado e receber todo o impacto.

O estrago foi grande: um braço, uma perna e parte da barriga. Foi rápido para o hospital, direto para cirurgia e para o CTI. Foram dias de dor e visitas dos amigos, cirurgias, curativos, cânulas garganta adentro, agulhas, enfim, não era mais um homem, era uma coisa metida em panos e tubos. O pior era a consciência, que não o abandonava. Sabia tudo o que se passava, e obedecia com resignação e educação. Não era mais um toco de limpar carne, agora era educado como o César. Ia mais longe, sabia o que seria dele dali por diante: um dependente, um resto de gente que não poderia tomar banho sozinho. Não faria mais amor com a mulher, não a bolinaria de noite, não se esfregariam com alucinação.

Em uma das visitas, perguntou a Pablo se haviam achado sua Luger 9mm. No dia seguinte o Comandante entregou aquela joia rara para que ele a guardasse, sem munição, supondo que a presença daquele aço frio traria lembranças que poderiam ajudar o "Juca Poste". Quando Pablo ia saindo do CTI, não havia andado nem 20 passos, ouviu o tiro. O amigo atirou no céu da boca. O Comandante, então, lembrou que Juca dizia que tinha sempre uma bala guardada para ele mesmo.

Não carregou culpa, pois sabia que o amigo não poderia carregar aquele corpo. Mas agora ele estava só, terrivelmente só sem os amigos. Era hora de parar.

34. A VIDA CONTINUA

O Dr. Lécio, promovido a capitão, continuou no grupo algum tempo ainda, depois que começaram a atuar de verdade. Entretanto, sua principal missão havia terminado. Ainda haveria outros cursos, e comprometeu-se, caso o major precisasse, em voltar para as aulas, mas achando que não deveria correr os riscos inerentes às operações, preferiu voltar para o hospital. Mas nunca mais esqueceria os amigos que fez ali.

Conheceu homens que pensava não existirem na PM, ao mesmo tempo honestos, corajosos, preparados e empolgados com a missão que tinham pela frente, homens que achavam que a Polícia ainda tinha jeito e que detestavam os policiais corruptos. Aliás, quando os alunos se apresentavam para fazer o curso, já se sabia quem eram os corruptos, e estes sofriam muito mais que os outros. Passavam por tudo que todos passavam, mas com muito mais sofrimento, e, após pouco tempo, desistiam e voltavam para suas unidades.

Os professores maltratavam esses corruptos, de fato e de propósito, para que desistissem. Alguns nem chegavam a ter aulas com "o Doutor", e os que conseguiam eram sempre os que Piermont colocava como mortos para serem "ressuscitados", com algumas costelas quebradas, após sessões de massagens cardíacas feitas por todos os outros. Eram aqueles que ele colocava para fazer respiração boca a boca, uns nos outros, durante longo tempo. Antes das aulas, procurava saber quem eram os caras que tinham que cair fora, e eram sempre esses que levavam injeções dolorosas nos braços para aprendizado dos demais. Nos treinamentos nunca podiam faltar as ampolas de B12 e de dipirona.

Lécio tivera, também, a rara oportunidade de fazer o curso de voo livre conseguido por Pablo, cujas ligações com os homens de operações da Marinha e do Exército tinham servido bem aos propósitos do doutor. Fez o curso tendo como colegas um grupo de oficiais superiores paraquedistas do Exército, que contrataram um instrutor especialmente para eles, uma mordomia total durante três meses. O tempo passara, e já estava, agora, com três anos de experiência no voo.

Arranjara uma nova amante: a sua asa. Sua vida agora eram as cirurgias, o hospital, o consultório, e, como relaxante para todas essas tensões da perigosa vida de um cirurgião, tinha finalmente conseguido uma terapia eficiente para acalmá-lo e lhe dar o maior prazer que tivera em toda a sua vida. Seus sonhos frequentes de que estava voando sobre casas e pessoas nunca mais voltaram, depois que se tornaram realidade. Passou a não ter medo de mais nada, e as horas em que estava no ar, com todos os sentidos em elevado alerta, deixavam-no após o voo com a sensação de mil orgasmos, um relaxamento muito mais profundo e eficiente do que poderia obter com qualquer ansiolítico.

Lécio deixou o grupo e retornou à sua rotina no HPM. Pablo, já tenente-coronel, comandou o GOE por algum tempo ainda, até perder seus dois compadres. Depois de dez anos à frente do GOE, tinha que passar o Comando para um discípulo. A vida ali era dura, mas tinha feito o que gostava e feito crescer um grupo forte. Já tinha um bom substituto, e aceitou o cargo de Comandante do Policiamento da Capital. Ficaria sempre ligado ao GOE e de olho no seu crescimento, mas agora ficaria de fora, como Fred, ajudando de longe, ao largo das ações. A vida levara a sua juventude, o Coronel Pablo nem vira seus filhos crescerem.

A tropa foi formada com o uniforme de combate, coturnos e fardas impecáveis, armamento e equipamento completo. À frente, o Comandante Geral e seu Estado-Maior, todos ali para a despedida. Não houve discursos nem ordem de serviço, somente um silêncio profundo que zumbia nos ouvidos acostumados ao sibilar de tiros. Para terminar a tropa cantou o hino da Unidade, batendo forte no solo com os coturnos engraxados: "Vitoria sobre a morte, nossa glória prometida".

Dali para frente o Comandante Pablo se dedicou ao novo cargo. Ficaria atento aos seus discípulos, não lhes deixando faltar nada para o melhor cumprimento das ações.

35. Todos os males vêm para o bem

O fim do casamento com Susan foi doloroso. A causa base dos desentendimentos sempre fora a doença psiquiátrica que a perturbava, e que, a princípio deixava Fred confuso. Quando foi firmado o diagnóstico, o laço já estava rompido. Ela, porém, não se conformava. Ele saiu de casa, mas não se desvinculava da mulher que fazia de tudo para perturbá-lo, desde os filhos até as tentativas de suicídio.

Quando Fred conheceu Zalma, a morena gaúcha, e desde o primeiro dia lhe contou tudo o que se passava em sua vida familiar, ela decidiu esperar, para que a relação não fosse diariamente balançada ao sabor da raiva de Susan e de suas artimanhas para complicar o processo de separação. Ela era de uma família extremamente unida, que aceitou sua decisão de viver daquela forma. Fred desdobrou-se durante quase 20 anos entre São Paulo e Porto Alegre, e por sorte era querido pela mãe e todos os irmãos da gaúcha.

Sua vida familiar era o oposto da vida profissional, esta um sucesso absoluto, ele um estrategista infalível, naquela um fracasso onde nenhuma estratégia dava certo. As despesas que continuava tendo com a manutenção da casa que havia deixado e com a educação dos filhos lhe tomavam a maior parte dos rendimentos, e chegou a morar com uma irmã, em apartamentos pequenos e baratos, ou em casa de amigos. Zalma trabalhava no sul, morava com a família, e seus contatos telefônicos quase diários eram muito maiores do que os físicos, que ocorriam em eventuais feriadões ou nas férias de ambos, sempre marcadas para um mês previamente combinado. Ela estava convencida de que ele era o homem de sua vida, mas não abria mão de sua tranquilidade para viver com ele no inferno em que sua vida tinha se transformado.

O Ten.-Cel. Frederico Rinaldi foi promovido a coronel quando já estava no Choque, aos 46 anos. Tinha uma vida profissional ocupadíssima, e outra pessoal perturbadíssima, que o consumia. Estava no auge da carreira e seus rendimentos não lhe sobravam. Viver com a mulher de quem gostava não era ainda possível, e andava com dificuldades até para encontrá-la mais vezes. Só a atividade incessante e perigosa dos quartéis da área de Choque o fazia esquecer seus problemas. Como sentia saudades dos tempos da faculdade, das aventuras sexuais, agora raras! Ainda aconteciam porque sua testosterona estava longe de dar sinais de baixa, mas seu coração estava longe e seu pensamento vivia no sul. Conseguiu ficar mais de seis anos no Choque, durante os quais amamentou sua cria, o GOE. O grupo era sua pedra mais preciosa, que queria deixar lapidada para a corporação.

Depois de deixar o Comando do Choque, com pouco mais de 50 anos, Fred viveu uma fase negra em todos os aspectos — um processo duro de separação, em que dificuldades de todos os tipos foram criadas, e dificuldades financeiras, enquanto esperava o término da faculdade dos filhos para ter algum alívio no bolso. De outro lado, também na PM o horizonte se fechou. Não tinha mais para onde subir, só se fosse para o Comando Geral, mas esse ainda era ocupado por coronéis do Exército, faltavam ainda três anos para o fim dos governos militares. Foi-lhe oferecido o cargo de Diretor Geral de Finanças, mas ele recusou. As coisas não andavam boas após a descoberta de fraudes em licitações, e o Diretor da DGF tinha caído por isso.

Fred foi colocado "na varanda", ou seja, ficou sem cargo, e foi até bom, porque sua vida ainda estava "um nó", como ele dizia. Durante essas férias forçadas, e ainda com despesas que o consumiam, foi morar no pequeno apartamento de um amigo em Ubatuba, perto da prainha do Matarazzo, que ganhou esse nome porque lá ficava a casa de veraneio dos Matarazzo. Lá viveu três anos, e tinha todo o tempo do mundo para pensar e dormir.

Dormir é do que mais gostava, algumas vezes acompanhado. Mas não era muito fácil naquela época para um cinquentão, ainda por cima duro, manter alguma coisa a mais que um encontro eventual. Ia a São Paulo uma vez por mês, passava pela varanda da Diretoria de Pessoal, visitava Pablo para ver como estavam vivendo e lutando no duro dia a dia e saber das resoluções dos sequestros e rebeliões. O pior é que às vezes tinha que se conformar com alguma baixa ou visitar algum ferido no HPM.

Durante essa época, ficou preto de tanto tomar sol. Aprendeu a pescar, a conviver com os pescadores e com os surfistas, e se mantinha incógnito. Não sabiam que era um coronel. Se soubessem, poderia perder a tranquilidade que tanto almejava. Era um lugar em que gastava pouco, pois precisava economizar para ir ver sua amada. Seus maiores gastos eram com a conta de telefone do amigo. Cozinhava ele mesmo seu arroz, e o que mais comia eram frituras. Ainda bem que peixes e camarões os havia em abundancia e baratos.

Finalmente, um dia, Susan foi vista aos chamegos com outro homem. Fred soube, mas não fez nenhum movimento. Rezou para que a coisa prosperasse, e suas rezas deram certo. Os dois se casaram numa cerimônia religiosa às escondidas, mas ele, que tinha seus olheiros vigiando os passos dela, conseguiu cópias das fotos. A intenção dela era ficar recebendo a pensão de um lado e curtindo o casamento escondido de outro, mas Fred tinha um bom advogado a quem entregou as fotos. O resultado foi o esperado: um alívio em seu bolso, pois ficou provado que ela estava casada com um homem abastado, que poderia mantê-la.

Só que tudo isso tardava, a justiça andava devagar, as audiências, as decisões, tudo era demorado. Cada petição representava outra espera de três meses, no mínimo, para Fred saber do advogado o que viria a seguir, mas começou, naquele momento, a enxergar uma luz no fim do túnel. A ansiedade o dominava o tempo todo quando veio o inesperado: um enfarte. Levado ao HPM, não foi possível escapar de uma mamária e duas pontes de safena.

Três semanas depois foi finalmente liberado, e de um jeito melhor não poderia ser: acompanhado de Zalma, que tirou uma licença no trabalho e veio ficar dois meses com ele. Foi uma enfermeira dedicada. Fred, se pudesse, a teria convencido a ficar de vez. Mas ainda não era a hora. Em mais dois anos as despesas com faculdades terminariam, e, quem sabe os filhos não precisariam mais dele. Ela continuava disposta a vir, mas como sempre, só após a liberação total. Nunca quis representar mais um problema. Passou a ser respeitada pelos filhos dele, que perceberam sua dedicação e carinho, e a felicidade do pai em sua companhia. Aliás, da família dele, apenas uma irmã nunca engoliu a separação e nunca se aproximou de Zalma.

Não esperava que acontecesse dessa forma, mas seu tempo na ativa terminou. A reforma, precipitada pela doença cardíaca, veio antes do tempo. Ele ainda gostaria de permanecer na profissão, mas a recomendação médica era bem clara: não poderia mais ter preocupações sérias nem uma vida tensa, típicas de sua atividade.

Passaram-se mais alguns anos, e tudo na vida tem seu tempo certo. Tudo tem o tempo de amadurecimento, e as feridas sempre acabam por cicatrizar. Fred, aos poucos, viu as coisas entrarem nos eixos. Após uns dois anos de formados, os filhos estavam bem empregados. Nas circunstâncias em que aconteceu, a reforma lhe deixou rendimentos isentos de impostos. As despesas finalmente foram diminuindo, à medida que ele foi pagando as dívidas que contraíra. Começou a procurar um apartamento. Dois quartos lhe serviam, e a prestação já poderia ser paga sem aperto. Será que Zelma conseguiria cumprir a promessa? Deixar a família inteira no sul seria difícil, e ele decidiu lhe fazer uma surpresa: a convidaria para vir passar uns dias quando tivesse o apartamento pronto, mas sem revelar que já o comprara. Deixaria que pensasse que ainda iriam ficar no pequeno hotel de sempre.

Era uma linda manhã de junho, e estava arrumando alguns móveis no novo apartamento. Alguns operários finalizavam instalações elétricas e outros pequenos retoques de pintura quando um deles o chamou:

— Coronel, pode dar uma chegada aqui na porta da sala?

— Ok, Joel, já vou. Só um minuto.

Veio andando com a atenção voltada para o cara em cima da escada, instalando o ventilador de teto, e quando olhou para Joel viu que ele estava no meio da sala, com duas enormes malas na mão.

— Que é isso, meu?

— Sou eu, querido! Vim de mala e cuia — a morena escancarava um sorriso enquanto empurrava a porta da sala e ele se sentava, quase tendo outro ataque.

— Ué, como você veio parar aqui? — disse ele, com taquicardia, mas rindo que nem doido.

— Fácil, tenho meus espiões. E vim para ficar. Nem tente me levar ao aeroporto no domingo.

O sotaque gaúcho que ele tanto amava ajudou-o a entender que a hora havia chegado, e de surpresa. Fred viu, então, finalmente, a paz chegar, após tantos anos de ansiedade. Só então se lembrou do que o amigo Lécio sempre afirmava: que todos os males vêm para o bem. Zalma cumpriu o que havia prometido, depois de muitos anos esperando por esse momento. Tinha certeza de que, agora, Fred era dela, sem laços antigos para atrapalhar. Os dois, juntos, se completaram, provaram que o tempo e a distância não apagam os grandes amores.

Os anos se passaram como o vento e os levaram

para a praia, onde construíram a casa que se tornou o ninho sonhado. Mantiveram o apartamento na capital, mas passavam nele apenas os poucos dias necessários para alguma visita, consulta, exame ou compromisso burocrático, e logo retornavam. Até hoje é na praia que recebem alguns amigos, como Lécio e a esposa, para alguns dias tão agradáveis que é uma pena o tempo não parar.

Quanto a Pablo, vai às vezes com os netos ao GOE para treinar tiro e tomar cerveja com os amigos, muitas dessas vezes acompanhado de Fred, que sempre faz questão da companhia do antigo paraquedista louco para essas visitas. São as poucas oportunidades que têm de recordar suas aventuras, conhecer os mais novos do grupo e ouvir as histórias recentes, mas só as mais engraçadas. Os homens especiais que os sucederam curtem sua presença, e sabem que só devem contar a eles as vitórias e os finais alegres. As mortes de colegas, que agora ocorrem com tanta frequência, e suas tristes histórias, deixam que saibam pelas manchetes dos jornais.

Esta obra foi composta em Minion Pro 12/14.
Impressa com miolo em offset 75g e capa em cartão
250g, por Createspace/ Amazon.